姐さんの飯がマズい!!

CROSS NOVELS

日向唯稀
NOVEL:Yuki Hyuga

石田　要
ILLUST:Kaname Ishida

CROSS NOVELS

CONTENTS

CROSS NOVELS

姐さんの飯がマズい!!

7

極楽町危機一髪！
姐さんの謝恩会がマズい!!

225

あとがき

236

CONTENTS

姐さんの飯がマズい!!

Presented by yuki hyuga with kaname ishida

日向唯稀

Illust 石田 要

CROSS NOVELS

1

穏やかな眠りの中で見る夢は、不思議なまでの心地よさがあった。

〝おはよう。穂純《ほずみ》〟

〝穂純ちゃん。おはよう〟

広くて明るいダイニングルーム。

挨拶をしながら、次々と現れる大柄な男たち。

顔がぼんやりとしていて、それが誰なのかはわからない。

しかし、発せられる声は軽やかで、いつも笑っているのがわかる。

〝おはようございます！〟

答える自分もまた弾んだ声を出し、満面の笑みだ。

〝うわ！　朝からすげぇ、豪勢だな〟

〝よし、食おう！〟

〝いただきま！す〟

大勢でテーブルを囲んで食事をする光景は、食堂のようにも見えた。

手に箸や茶碗を持ちながら、誰もが嬉しそうに食事を頬張る。これだけで、この場の幸福感が伝わってくるようだ。

〝ごちそうさま〟

〝ごちそうさん！〟

〝さて、仕事に行くか〟

そうして、食卓に上がったものが綺麗に食べ尽くされると、男たちは次々に席を立って消えていく。

〝行ってきます〟

〝行ってらっしゃい！〟

手を振りながら見送る自分。

〝さてと――〟

後片づけをしようと振り返ったところで、ハッと目が覚める。

「――夢？　また同じ夢」

穂純は布団から上体を起こして、あたりを見回した。

先ほど見た夢とはまるで違う和の空間に囲まれている。まだ日が昇って間もないのか、差し込む明かりも少ないだけに、全体的に薄暗くて物寂しい。

「あの人たちは、誰なんだろう？　そして、俺は……」

額に手をやり、自問する。

だが、何も思い出せない。

自然と不安が込み上げ、胸が苦しくなった。

すると、隣に寝ていた男が寝返りを打つ。

「んんっ。穂純ぃ〜っ」

「⁉」

寝ぼけて穂純の腰のあたりに抱きつき、頬をすり寄せてきた。

（吉崇《よしたか》さんってば……）

穂純は端整で凜々《りり》しい男の寝顔と、この甘ったれた仕草のギャップがたまらなく好きだった。

一瞬にして、芽生えた不安や心細さを吹き飛ばされてしまう。

「考えても仕方がないや。起きよう」

穂純は腰に絡んだ男の腕をそっと解いて、布団の中へしまった。

そして、一足先に布団から抜け出て、静かに着替えて台所へ向かうのだった。

＊＊＊

都心にあって、いまだ花街だった時代の名残《なごり》を色濃く残す極楽町《ごくらくちょう》には、至るところに料亭の看板や黒塗りの壁などが目についた。

アスファルトが敷き詰められたメインストリートがあるも、横道へ入れば石畳が続き、午後には仕事支度を急ぐ芸者が着物姿で行き交っていく。同じ花街でも京都《きょうと》の祇園《ぎおん》のような重厚さはなく、どちらかといえば都内の神楽坂界隈《かぐらざかかいわい》に似ているかもしれない。

古今の個性がぶつかり合うことなく自然な形で融合し、バランスが保たれた町であり、江戸《えど》っ子気質《かたぎ》の地元民が中心となり、町内や商店街を盛り上げようと活気立つ。義理人情に溢れる土地柄だ。

そして、極楽町にはいくつかの名物がある。

その一つがこれだ。

ゴーン。

「オオ〜ンッ」

朝と夕の六時、町の中心にある境内からは決まって時鐘が鳴り響いた。

すると、境内と表裏して建つ関東極道・極楽院組《ごくらくいんぐみ》の屋敷内からは、老犬・忍太郎《にんたろう》が鐘の音に合わせて遠吠えをする。

ゴーン。

「オオ〜ンッ」

これだけを聞くと、まるで時代劇のようだった。

だが、こんなのどかな時鐘のハーモニーが、町の平穏無事を示していた。

当然、誰一人異を唱える者はいない。

それは、背中に男の覚悟――刺青《いれずみ》を彫り込んだ極道たちでさえ同様で、決して表の住職が先代組長（現組長の実父）だから「うるさい」とも言えないわけではない。かれこれ十四年ほど共に生きてきた老犬・忍太郎の変わらぬ健康ぶりを確認し、日々微笑んでいるに過ぎないからだ。

ましてやここ一ヶ月、この極楽院組内には二重奏の他に軽やかな美声まで加わっている。

「おはようございま～す。皆さん、朝ご飯の時間ですよ。起きてくださ～い」

いそいそと縁側を移動しながら各部屋に声をかけていくのは、軽やかな上に優しくしとやかな口調が似合いの美少年――穂純だった。

江戸時代から続く老舗《しにせ》の極道一家、町の用心棒も兼ねる若き極楽院組十三代目組長・極楽院吉崇の伴侶で、つまり極妻《ごくつま》だ。

推定二十歳前後の男性ではあるが、ポジション的には極楽院組の姐《あね》さんである。

わけあって、普段着として着るようになった先代組長の妻、今は亡き先代姐の着物とエプロンがとてもよく似合っている。

「さあさあ、静生《しずお》さんも文太《ぶんた》さんも早く広間へ」

一通り声をかけて歩くと、穂純はいったん自室へ戻った。

「吉崇さんも……！」

二間続きの和室の奥で、いまだ布団にくるまり熟睡しているのは、夫たる吉崇だ。

長身だからというよりは、単に寝相が悪くて片足を布団から出している。先ほど穂純が彼の手をしまい、布団もかけ直したばかりだというのに、大きな子供のようだ。

しかし、これが穂純にはたまらない。込み上げてくる愛おしさから、その美顔には極上な笑みが浮かんでいる。

「もう、まだ寝てる。起きてください、吉崇さん。朝ですよ」

「んーっ。昨夜の酒が残ってるから、もう少し……」

穂純は布団の脇へしゃがんで、彼の肩を揺すった。

すると、吉崇が穂純の腰にまた手を回してきた。

しかも、今度は穂純の膝を枕に、寝直そうとしている。もそもそと顔を埋めて、実に心地よさそうだ。

「でしたら、食後に二度寝なさってください。二日酔いに効く朝食を用意しましたから」

「──二日酔いに効く朝食？」

とはいえ、吉崇は何か聞き捨てならないことを聞いた気がして、顔を上げた。

極道というよりは、極道役の二枚目俳優だと言ったほうがしっくりくる男前だが、なぜかその目は不安でいっぱいだ。

普段はきりりとした眉尻まで下がっている。

「はい。ですから、さ。早く起きて召し上がってください」

吉崇が聞き直すも、穂純はにこやかに肯定した。

人生たかだか二十四年しか生きていない吉崇だが、〝二日酔いに効く薬〟は聞いたことがあっても、〝朝食〟は初耳だ。何か引っかかった。

アンダーグラウンドの世界で生まれ持った危機管理能力が、過敏に反応したのだ。

「く、食うなら穂純のほうがいいんだけどな」

「それはそれで、これはこれです。長《おさ》である吉崇さんが席に着かなかったら、皆さんが箸をつけられないんですよ。お義父様でさえ、吉崇さんが来るまで待っているんですからね」

それでも蕩《とろ》けそうな笑顔の新妻に微笑まれ、優しく頭を撫で撫でされたら、危機管理能力も粉砕だ。

理性はおろか本能よりも煩悩が先立った吉崇は、いっそう強く穂純を抱きしめる。

「わかった。じゃあ、飯食ったら――な」

「片づけと掃除と洗濯が終わって、その間に吉崇さんの二日酔いがよくなっていたら、いいですよ」

どさくさに紛れて朝からエッチに誘うも、穂純は照れくささそうに承知した。

途端に吉崇は双眸《そうぼう》をパッチリと開いて、身体を起こして立ち上がる。

「よし！　約束だぞ。これだけで残った酒なんか吹き飛んだ」

「吉崇さんってば」

その後は穂純の手を引き、食事処兼用となっている大広間へ向かった。

二十四畳ごとに襖《ふすま》で仕切られた三部屋のうちの一間では、すでに表の住職であり先代組長でもある吉章《よしあき》と、住み込み組員二十名がずらりと座卓を囲んでいる。

八人掛けの長座卓が六つほど並べられたそこには、目にも鮮やかな黄金色の朝食がずらりと並ぶが、何かおかしい。

「穂純。これが二日酔いに効く朝食なのか？　卵焼きが黄色いのは当たり前としても、全体的に黄色みがかってる気がするが……。これはミラノ風リゾットか？　具なしのパエリアか？　こっちはカレースープか？」

屋久杉《やくすぎ》造りの床の間を背に、上座に着いていた吉章の隣に座りながら吉崇が訊ねる。

すると、穂純が高級料亭の女将《おかみ》のごとく、碗に盛られたご飯や汁物を優雅に指して説明を始めた。

「こちらはセンブリを煎じたお茶で炊いたお粥《かゆ》とご飯です。そしてこちらはウコン汁。おみそ汁仕立てにしてあります。どちらも昔から二日酔いにはよいとされる薬草ですから、どうぞ召し上がれ」

「センブリ粥とセンブリ飯に、ウコン汁？」

どんなに笑顔で説明されても、吉崇の胸中には不安しか湧き起こらなかった。

センブリもウコンも何度となく耳にしたことがある薬草・漢方薬だが、そこに粥だの飯だの汁だのがついたものは初めて聞いた。

しかし、一緒に説明を聞いていた父・吉章の反応は普段どおり明るいものだ。

「おお！　さすがは穂純だな。センブリもウコンも二日酔いの良薬だ。本当にお前はよい嫁だ。亡くなった俺の嫁に勝るとも劣らない。吉崇は果報者だ」

「そう言っていただけると嬉しいです。あ——、お義父様はお粥とご飯、どちらになさいますか？　センブリには健胃と食欲増進。ウコンには肝機能の促進、動脈硬化や高血圧、ガンの予防に貧血改善。コレステロールを下げる効果もありますから、未病の方にもお勧めですよ」

「では、粥をもらおう。俺も昨夜、檀家に呼ばれて派手に呑んだからな～。もう少しで後家さんに迫られて、帰宅できないところだった」

「まあ、お義父様ったら。相変わらずおモテのようで」

「今や〝後家殺しの吉章〟とは、俺のことだからな～。わっははははっ。では、いただきます」

吉章は、穂純と和気藹々《わきあいあい》しながら、自分の碗に黄色い粥をもらっていた。

今でこそ、跡継ぎができなかった本家の住職としての重責を全うする吉章だが、分家である極楽院組の長であった時代は、泣く子も黙る極道だ。

背中を彩る唐獅子牡丹《からじしぼたん》は今もって健在だ。

しかし、そんなバブル世代の大極道も、清楚可憐を地でゆく穂純に「お義父様」と呼ばれて微笑まれたらデレデレだ。

吉章が、いまいち危険な気がしてならないセンブリ粥を頬張り、「美味《うま》い美味い」を連呼し、「お代わり」までしていた。

当然ウコン汁もきっちり飲んでいる。

「朝粥は胃に優しいし、するすると入っていく。しかも二日酔いの夫を思う、穂純の労《いたわ》りまで感じられて、舅としても嬉しい限りだ」

「ありがとうございます。そう言っていただけると本当に嬉しいです。このまま誠心誠意尽くしてまいりますので、どうか末永くよろしくお願いいたします」

あまりの和やかさに、俺の危惧だったのか――と、吉崇も箸と碗を手に取った。

見れば見るほどサフランで色づけされたミラノ風リゾットにしか見えない粥は、正直言ってしまえばとても美味しそうに見える。

ただ、そう思った食事で、これまで幾度も地雷を踏んだ。

それでついつい身構えてしまったのだが、今朝は大丈夫らしい。

吉崇は、あえて吉章と同じ粥に手を出し、「いただきます」と声を発してから大口でかき込んだ。

(く――、苦《にが》っ!!)

一瞬のうちに、この世のものとは思えぬマズさに固まった。

決して毒性はないはずだが、身体が全力で拒む苦味がしたのだ。

「どうです？　二日酔いに効きそうですか？」

だが、照れくさそうな新妻に聞かれて、吐き出すなんて言語道断だ。

ましてや嘘でも本当でも「マズい」なんて、「これでは二日酔いどころか、一週間ぐらい悪酔いしそうだ」なんて、口が裂けても言えない。

吉崇は、若干《じゃっかん》顔を引き攣《つ》らせていたが、コクコクと頷《うなず》いた。

むしろ、これ以上の地獄は勘弁してほしいという思いから、碗に残る粥まで一気にかき込み、胃に落とす。

「よかった」

それを見て穂純が、嬉しそうに笑う。

吉崇は引き攣った笑顔をどうにか維持しようと、口直しにウコン汁——ではなく、卵焼きに手を伸ばす。

穂純が作る卵焼きは、お店で出されているような綺麗な黄色い出汁《だしま》巻きだ。

焦《こ》がしたくない一心から、ちょっと油っぽくなるのが玉にきずだが、炭焼き卵を出されるよりは天国だ。

(ジーザスっっっっ!!)

ただ、今朝に限ってはセンブリ粥と同じ味がした。

見事なトラップだった。

当然これも吐き出せないので、そのまま飲んだ。

胃に落としさえすれば、どうにかなる。穂純の作る料理は、舌には厳しいが胃にはまだ優しい。

あくまでも〝まだ〟の域だが。

「あ、皆さんもお好きなほうをどうぞ。粥もご飯も汁もたっぷりありますからね」

粥をたいらげ、卵焼きまでバクバクと食べてくれた悶絶寸前の吉崇に歓喜し、穂純は満面の笑みで組員たちにも食事を勧める。

「は、はい」

「では、あっしは飯のほうで」

吉章はともかく、次第に青ざめていく吉崇を見て、組員たちも何かを察したようだ。

震える手に箸と茶碗を持つと、目いっぱいの笑みを浮かべて「いただきます」と声を揃える。

死なばもろとも、これぞ兄弟仁義！　とばかりに、いっせいに食べ始めた。

その姿は、仲間に後《おく》れを取ってなるものかと戦場へ赴く、兵士のようだ。

（うわっ!!　にっがーっっっっっ！）

（おかーさーんっっっ）

しかし、揃いも揃って玉砕した。

もしかしたら粥よりは飯のほうがセンブリ濃度が薄いのではと期待したが、これはこれですごかった。

今更粥と食べ比べる勇気などないが、この世のものとは思えない味がした。

米所の農家から直送購入している特等新米のはずなのに、美味しさの欠片《かけら》も残っていないなんて、いろんな意味で泣きたくなる。

だが、決死の覚悟で飯をかき込む組員たちを、穂純はどこまでも満面の笑みで見つめている。チラリとでも目が合おうものなら、笑って返すしか術《すべ》がない。

(耐えろ、栄《えい》。文太、みんな。若が耐えてるんだ。ここで俺たちが耐えなくてどうするんだっ!)

若頭を務める初老の静生が、心で念じて目で訴えた。

株やバイナリーオプションが得意で稼ぎ頭の彼は、細身の知性派で眼光鋭い男だ。冷静かつ身内以外には冷酷で、人情過激派の組長親子にとっては、よき参謀であり諌《いさ》め役でもある。

だが、こんな静生も穂純の料理にだけは、普段の自分を維持できなかった。

どんなに堪えようとしても、鬼の目にも涙が浮かぶ。このときばかりは威厳も何もなくなってしまうが、おかげで最近舎弟たちとの距離がぐっと縮まった。

(でも、静生兄貴っ)

(さっさと飲み込め、栄!!　これは舌の上で留めたらアウトだ。とにかく飲み込んで、味わうことなく胃に落とすんだ!)

舎弟の中でも、元板前見習いだった若手の栄は、持ち前の味覚がいいだけに拷問だろう。

(胃が、腸が、細胞のすべてが〝これは無理〟と拒むっすぅ〜っ)

(良薬口に苦しって言うだろう。文太!)

相撲部屋からの脱落者で、食欲だけは横綱級だった大男の文太でさえ、すっかり小食になった。

「ダイエットなんて一生無縁だ」が口癖だったのに、日を追うごとに体重が減る。

　これはこれで健康によさそうだが、精神的にはそうとう辛いらしく、毎晩お腹いっぱいのちゃんこを食べる夢を見るほどだ。

（苦しってレベルじゃないっすよぉ。十億《ギガ》苦し——いや、もう兆苦《テラ》しいっすよ）

（なら、不可思議まで耐えろ。そのあとは無我の境地に行き着ける）

（——ああ。だから、おやっさんは平気なんっすね）

（仏と坊主を一緒にするな。おやっさんはご健在だ！）

（怒らないでくださいよぉっ。頑張って食べてるじゃないっすかぁっ。俺だけ姐さんの親切で〝どんぶり飯〟だけど、ちゃんと食べてるじゃないっすかぁっ）

　結局文太は、半泣き状態で、どんぶり飯をかき込んだ。

　なんにしても、最近ではアイコンタクトだけで意思の疎通ができるようになっている。

　これですべてのやりとりできるなら、〝俺たちはエスパーになれた〟とはしゃぐところだが、生憎《あいにく》飯マズにしか共感、共鳴はできない。

　この苦痛絡みでしか分かち合えないのが現実だ。

（姐さん。どうしたら、センブリでご飯炊いてみようとか思いつくかな？　スマートフォンで変な検索をして、そこから更に曲解でもしたのかな？）

（若がこれに懲りて深酒はやめてくだされば、次はないはずだ）

（そう信じたいっすね〜）

胸中で上げるこの悲鳴に共感できないのは、味覚音痴疑惑どころか生き仏説まで浮上した吉章。そして、料理の作り手である穂純だけだ。

「まあ。皆さん、朝から食欲旺盛ですね。さ、お代わりをどうぞ。俺も栄さんが作ってくださった朝食をいただきますね」

この世の幸せを独り占めしたような姐の笑顔が、今朝も男たちを苦しめる。

（俺も食べたいっす。元まかない担当、今や姐さん専属担当になってしまった栄の飯）

（これさえなければ――。この飯マズさえなければ、綺麗で優しくて男だってことさえまったく気にならない、最高の姐さんなんだけどなぁ〜）

（それにしても、忘れた頃に出てくる大ヒット激美味料理。あれは、なんだろうな？　あの極楽浄土的な美味さへの期待もあって、日々の苦行に耐えているところも否めねぇしな）

それでも男たちは、揃って空の茶碗を穂純に差し出した。

吉宗共々地獄巡りを覚悟し、見た目だけは美しい出汁巻き卵にも、震える箸を向ける。

なぜなら――、

「ブホッ」

定期的に出没するらしい激美味料理以前に、庭では老犬・忍太郎が似たような朝食を出されて咽《む》せていた。

「ゲフッ」

名実共に老体にムチ打ち、穂純の笑顔を死守していたからだった。

2

見るからに極道社会とは無縁そうな穂純と、若き組長・吉崇が出会ったのは、今から三ヶ月前のことだった。

「ワンワン！　ワン！」

「どうした？　忍太郎」

その日は、毎年恒例となっている花火大会。自らも浴衣《ゆかた》に身を包んだ吉崇は、露店担当組員の激励も兼ねて、一家総出で町はずれの川岸に花火見物へ出向いた。

周囲からは「たまや」のかけ声が上がり、大玉の花火が夜空を彩る。

それを見上げては、老いも若きも歓喜し、忍太郎もいつになくはしゃいでいた。極楽町の平和でのんびりとした雰囲気を象徴している、ひと夏の情景だ。

しかし、それだけに都心では見過ごされてしまうようなことが、極楽町では大事件になる。

「ワンワン！」

「珍しいな、忍太郎。お前がそんなに吠えるなんて。今年の花火は一味違うのか？」

「ワンッ!!」

「ん？　そうじゃないのか？　引っ張るなよ。いったいどこに連れていくんだよ……って、死体

⁉」

　忍太郎が見つけたのは、川岸に打ち上げられていた穂純だった。

　大会会場から少し離れていたこと、誰もが花火に夢中だったことから、今まで気づいてもらえないでいたようだ。

「いや、生きてるか――。おいっ！　大丈夫か⁉　誰か救急車！　親父、静生！　救急車を呼んでくれ」

「ワンワン！」

　吉崇が慌《あわ》てて駆け寄ると、浴衣姿の穂純はずぶ濡れで倒れており、こめかみからは血が流れていた。現場の様子だけで想像するなら、川上で事故に遭って流れ着いてきたか、もしくは誰かに襲われたかのいずれかだ。

「どうした、吉崇……。静生！」

「はい、おやっさん。今――、あ、もしもし！　119番ですか⁉」

　発見された穂純は、すぐさま到着した救急車で搬送され、警察にも連絡された。

　そして、極楽町で唯一の救急病院である私立玉吹《たまぶき》総合病院で治療を受け、「命に別状はない」と診察されてから、いっときの眠りに就いた。

　同行してきた吉崇や吉章たちも、ほっと息を漏らして、胸を撫で下ろす。

　しかし、現状説明と招かれた控え室で、吉崇と吉章は二つの衝撃的な事実を知らされる。

「え⁉　あれって女じゃなくて男だったのかよ。院長」

「しかも、記憶喪失って……。玉《たま》ちゃん。それ、本当にある病気なのか？」

女物の浴衣を着ていたので、絶世の美少女だと疑っていなかった穂純が、実は美少年だったことにまず驚いた。

だが、その上記憶がないとわかり、更に吉崇と吉章は愕然とした。

老舗の極道一家だけに、平穏無事に今日まで過ごしてきたなんてことはない。

弱冠二十四歳の吉崇でも、修羅場と呼べる日々があったことは記憶に新しい。

バブル世代を謳歌した吉章ともなれば、学生時代から血の雨を潜ってきた。

学区内抗争から都内抗争を体験し、国道一号線をブイブイ言わせてバイクで暴走《はし》った挙げ句に十二代目組長に就任だ。争いの陰に、常に守るべきものや理由があったことから、塀内に入ることだけは逃れてきたが、それでも関東内では知る人ぞ知る極道の一人だ。

今でこそ引退して住職になってはいるが、それが極楽院吉章。また、その跡を受け継いだ血気盛んな若き組長が、十三代目の吉崇なのだ。

ただ、はたから見たらそれこそフィクションだろう、任侠映画だろうという人生を邁進中の彼らからしても、突然現れた〝記憶のない美少年〟は嘘くさく見えた。

これはミステリーかサスペンスドラマによく出てくるパターンか？　ぐらいの認識しかなく、穂純を診たロマンスグレーがよく似合うクールインテリジェントな白衣の紳士・玉吹院長相手に、吉崇は真顔で確認したほどだ。

「――ああ。彼、穂純くんは間違いなく男性だし、記憶喪失だ。だからといって、何もかもわからないとか、まるきり記憶がないとかではない。事故または襲撃の際に受けた衝撃のためか、穂純という名前以外、自分にかかわる記憶だけがすっぽりと抜けてしまっているんだ」

地元に根づく私立病院の経営者家系だけに、玉吹は極楽院の寺や組とは先祖代々〝ゆりかごから墓場まで〟の仲だった。

特に現院長の玉吹は、吉章の同級生で幼馴染みの親友。どんなに吉崇や吉章が馬鹿っぽいことを聞いてきても慣れたもので、淡々と説明してくれる。

「自分にかかわる記憶だけ？」

「そう。つまり、自分が何者で、どうしてこんなことになっているのかがわからないだけで、他のことは大概わかるんだよ。たとえば言葉は普通に話せるし、会話もきちんと成り立つ。医者や看護師の姿を見れば、それも判断ができる。ここが病院だってことも一目で理解したし、食事を出されれば食材もわかるってことだ」

「そんな都合のいい忘れ方ってあるのかよ」

「そう言いたい気持ちもわかるが、これまでにも実例は相当数ある。自分によほど嫌悪することでも抱えていたのか、何かとてつもない恐怖や悲しみを体験したのか――。なんにしても、しばらくは様子を見るしかない」

「嫌悪か恐怖か悲しみねぇ」

「だとしたら、それはそれで気の毒な話だな」

吉崇と吉章は、医学的なことはさっぱりわからなかったが、玉吹には絶大な信頼を置いていた。なので、親子揃って彼の説明は丸ごと受け入れた。なんとなくだが、持ち前の心の枷《かせ》だか病が事故の弾みで記憶の構造に害をもたらせたんだな――と、納得したのだ。

「いやーっっっ」

しかし、その直後。院内には似つかわしくない声が響いた。

「今の悲鳴は？」

「患者の声だ」

「意識が戻ったのか？　とにかく行ってみよう」

恐怖に震える穂純の声に引かれて、吉崇たちが慌てて控え室を出ていった。

「静生や文太に、ちゃんと見とけって言ったのに」

「は？　何言ってるんだよ、親父。起き抜けにヤクザなあいつらを見たら、怖がって当たり前だろう。完全に人選ミスだ。こういうときは、癒やし系の栄と忍太郎でもセットにしておけよ」

「そりゃすまん。うっかりしとったわ」

小さな親切、大きなお世話の典型だった。

吉崇は、入院病棟の一角にある個室に着くと力いっぱい扉を開く。

だが、そこで目にした光景は、吉崇の想像とは大きく異なっていた。

「だ、大丈夫っすよ。怖くないっすよ」

「こいつは悪い警官じゃないですから。本当に、心からいい警官ですから、お気を確かに」

「うっっっ」

吉崇が「ん⁉」と眉をひそめる。

穂純がベッド上に座り込んだ姿勢で、心なしか頬を染める三白眼の強面《こわもて》・静生や柄シャツの巨漢・文太の二人にしがみついていた。

身体を震わせ、その目にはうっすらと涙まで浮かべている。

「竹川《たけがわ》。お前、何したんだよ」

他に思い当たる原因がないので、吉崇はその場にいた同級の幼馴染みで巡査をしている竹川に視線を向けた。

「何もしてないよ、よっちゃん。俺は連絡をもらったから、事情聴取に来ただけで……。でも、部屋に入った途端に、悲鳴を上げられて」

誰の目から見ても、生真面目《きまじめ》で絡みやすそうな眼鏡青年が制服を着ているとしか思えない竹川だけに、なぜ穂純が拒絶したのかがわからなかった。

竹川もそうとうショックだったのか、すっかり肩を落として半べそだ。

「こりゃ、どういうことだ？　玉ちゃん」

「何か思い出したのかもしれない」

吉章に訊ねられた玉吹が、羽織っていた白衣から聴診器を取り出した。

しかし、穂純は震えるばかりで、静生や文太の陰に隠れてしまう。これには玉吹もお手上げた。

「大丈夫だって。何も心配いらねぇよ。俺たちはお前の敵じゃない」

思いきって吉崇が、静生たちと穂純の間へ割って入った。

ベッド上にうずくまる穂純の肩を両手で支え、目線を合わせるところまで膝を折ってから笑いかける。

「お前を守って助けることはあっても、絶対に危害なんか加えないから、安心して言ってみな」

その姿は、まるで迷子の子供か犬猫でも諭すようだった。

穂純がわずかに視線を上げ、顔を上げた。

「――わからない。わからないけど、怖い。お巡りさんが怖いんです」

蚊の鳴くような声とは、まさにこのことだった。

穂純はチラリと竹川を見るも、全身を大きく震わせて、顔を伏せる。

「お巡りさんが怖い？」

「ごめんなさい。ごめんなさい……ぅっっっ」

心底から怯《おび》えて泣き崩れた穂純に、吉崇は肩や背中を擦《さす》ることしかできない。

「……俺に謝らなくてもいいよ」

――これは想像以上に大変なことになってきた。

誰もがそう感じて顔を見合わせる。

「とりあえず。白衣恐怖症なんていうのもあることだし、その制服のせいかもしれない」

「あ！　それもそうだな。竹！　お前、ちょっと着替えてこいや」

玉吹の提案に吉章が乗る。

「はい。わかりました。行ってきます」

このあたりは地元民ならではのやりとりだ。

その後、竹川は急いで交番に戻り、私服に着替えて戻ってくる。

「着替えてきました！　どうかな」

「……あ、怖くない。です」

現役大学生か近所のお兄ちゃんにしか見えない竹川に、穂純が怯えることはなかった。

竹川も心からホッとする。

「よかった。平気みたいで」

「やっぱり怖いのは警官の制服のほうだったんっすね。さすが、玉吹先生。いつも見立てが確かっすね」

無事に事情聴取を受けることができて、静生や文太同様、誰もが胸を撫で下ろす。

とはいえ――。

「では、最後にいた場所とか景色とか。なんでもいいのでわかることがあったら、教えてもらえますか?」

「えっと。……あ」

記憶がなくて答えられないことに不安以上の罪悪感を覚えるらしく、穂純は事情聴取開始後から幾度となく「すみません」と「ごめんなさい」を繰り返した。

「わからない……。思い出せない……ぅっ」

――いっそ、自分が他人に迷惑をかけているという感覚も忘れていたら楽だろうに。

そんな思いに駆られた吉崇が、聴取を遮《さえぎ》り、穂純の肩を抱きしめる。

「竹川、その辺でやめとけ」

「よっちゃん」

竹川が悪くないのはわかっている。

だが、それでも自然と庇《かば》ってしまうほど、吉崇には穂純が儚《はかな》げで心細い存在に感じられた。

「もう、いいって。お前は謝らなくていいから」

「……え?」

「竹川。あとは警察でどうにかしろ」

「あ、ああ。そうだね。わかった。穂純くん。嫌なことたくさん聞いて、ごめんね。必ず、家族のもとに帰れるように、俺も他のみんなも頑張るから。どうか、それを信じて待ってて」

竹川も仕事とはいえ辛かったのか、幾度も頭を下げて、事情聴取は終了した。

「すみません……。本当に、ごめんなさい」

「いいっていいって、気にしないで。それより今はゆっくり休んで、調子を戻して。ね」

「はい」

数日は様子を見るために病院で預かり、その間に竹川は正統な方法で穂純の身元を捜査することになった。


ゴーン。

「オオ〜ンッ」


花火の夜から一週間が過ぎた。

「駄目です、院長。まったくわかりません。穂純くんらしい人物の捜索願も出ていないし、お手上げです。あとは警察側から公《おおやけ》にするしかないんですが、事件性を考えるとそれはまだ早いと、上の判断が……」

竹川の努力も虚《むな》しく、穂純の身元はわからないままだった。

この日までに警察以外にも役所関係者、極楽院組員から町内の有志団体や老人会と、手の空いた者たちが協力し合い、穂純の身元を調べた。

川上に向かって捜査の手を伸ばし、目撃情報も求めた。

穂純が女物の浴衣を着ていたことから、何かコスプレイベントがあったのかどうかも調べてみたが、これという話には当たらない。

竹川はすっかり肩を落としてしまう。

「パッと見、大学生ぐらいだろうしな。田舎から出てきて一人暮らしだと、多少家を留守にしても周りは気づかない。かといって、どんなに仲がよくても、学友程度じゃすぐに警察へってことも考えにくい。連絡が取れなくなって実家に問い合わせをするにしても、一週間じゃ動くかどうか……」

「それならまだいいです。いずれ時間が解決してくれますから。問題は、穂純くんに身寄りがなかった場合です。天涯孤独で、一人で頑張ってきたところで、不慮の事故に——。なんて理由だったら、どうなることか。このままでは、施設に送られることになってしまいます」

玉吹の言うことももっともだったが、竹川が一番懸念していたのは、やはり穂純の身寄りの有無だ。可能性としては低いと思いたいが、これればかりはわからない。

すると、院長室に吉章が現れた。

「何。そしたらしばらくの間、うちに来ればいいだろう」

「住職」

「吉崇も若い衆も彼を気に入り、毎日見舞っている。忍太郎も懐いているし、何よりおかしな事件にかかわっていた場合、ちょっとぐらい強面が揃ってるようなうちにいるほうが、安心ってもんだ」

吉章が言うように、吉崇たちは暇を作っては穂純のところに顔を出していた。それは玉吹も竹川も知っている。

そして、彼らが来るたびに穂純が申し訳なさそうな顔をする反面、安堵感《あんどかん》を覗《のぞ》かせているのも、何度なく目にしていた。

「まあ、確かにな」

「そう言われたら、住職のところが極楽町イチ、安全な場所ですからね」

寺でありながら、極道一家でもある極楽院。色気ゼロの男所帯のため、穂純が見たままの美少女なら二つ返事で賛成はできないところだ。

だが、どんなに愛らしい顔立ちをしていても、穂純は男。手続き上、身元引受先としても組ではどうかという話になるが、寺ならこれといって問題はない。

特に、吉章のところでは、これまでも迷子やお年寄りなどを一時的に保護してきた実績もあるので、警察や役所も歓迎のはずだ。

「うむ。極楽院寺の墓には名のある関東ヤクザの親分衆が数多く眠ってる。それを承知で突っ込んでくる馬鹿がいるとしたら、そうとうな駆け出しか、よそもんぐらいだろうからな」

「だろう」

「では、とりあえず退院後は住職のところにお世話になることにして。あとは、肝心の本人に承諾を得ましょう。変に遠慮しないといいんですけどね」

「――だな」

こうして穂純に、当面の居場所が用意された。

「そんな、住職様。これ以上のご迷惑は……。そうでなくても、着替えに奥様の形見である大切な着物をお借りしたり、生活用品も差し入れていただいているのに――」

「誰も迷惑だなんて思ってねぇよ。着物はサイズや色柄的に、それしかうちにはなかっただけで、着てもらって恐縮なぐらいだ。それに、生活用品の差し入れは、吉崇たちの見舞いの口実みたいなもんで……。俺たちはみんな、穂純ちゃんを見つけて出会ったのが、一つの縁――それも、とてつもねぇ良縁だと思っているからよ」

「住職様……」

「あとは、なんだな。ぶっちゃけ、今は盆で忙しくて、俺も檀家回りで寺を空けることが多い。だから、留守番をしてくれたら大助かりで――。住み込みのバイトってことなら遠慮もいらねぇだろう？」

「――は、はい！　ありがとうございます。本当に……。このご親切やご恩は、一生忘れません」

取ってつけたような理由が、穂純の胸を熱くした。この口実がハードルを低くし、穂純は極楽院寺に世話になることができたのだ。

ただ、この時期の吉章の多忙さは嘘や方便抜きで、いざ穂純が極楽院家へ移動するときも、予約の入っている檀家でお経を上げている状態だった。

そのため穂純は、玉吹と竹川に付き添われて極楽院家へ向かった。初めから寺ではなく、組屋敷のほうへ案内されたのだ。

「すまないな。個室に空きでもあれば、病院にいてもらうこともできたんだが……」

「申し訳ないけど、頼むよ。なるべく早く身元がわかるように、俺も頑張るからさ」

「院長も竹川も気にするなって。乗りかかった船だ、任しとけって。な！　みんな」

「はい。若」

「お待ちしてましたよ。穂純さん」

吉崇と組員たちは準備万端、歓迎ムード一色で待っていた。

特に吉崇は、穂純の第一発見者ということもあり、力強く胸を叩く。

「ワン！　ワンワン」

本当の第一発見者はワシだとばかりに、忍太郎も尻尾をブンブン振っている。

「忍太郎も任せろって言ってるしな。さ、上がれ上がれ。親父も夕方には戻るだろうからさ」

「はい。すみません。お邪魔します」

院内とは打って変わった賑《にぎ》やかさに圧倒されつつ、穂純の顔に微笑が浮かんだ。

一部を除いて強面が揃う極楽院組だが、穂純を迎える笑顔にはいっぺんの曇りもない。

そこに理屈抜きで安心感を覚えたのだろうが、穂純は吉崇たちに勧められるまま敷居を跨いで家に上がった。

「ワンワン」

現状では、まだ何をどうしていいのかわからない穂純だけに、まずは助けてくれた人たちを信じること、そして従うことにした。

「じゃあ、頼んだよ」

「おう！」

こうして玉吹と竹川は、穂純を任せて極楽院組をあとにする。

そして穂純はといえば、

「え⁉　いきなり寺で留守番っすか？」

「はい。住職様から、そのように言われているので。案内していただけますか」

「……はぁ」

着いた早々、本堂での留守番に勤《いそ》しんだ。

勝手のわからない場所だけに、無闇に手は出せない。

本当ならば、掃除や何かできることをと思ったが、そこは吉章が戻ってから相談しようと決めて、初日はジッと本堂で留守番に徹したのだ。

「いいんですか？　組長。穂純さんは客人っすよね？」

これには組員たちも動揺した。

「親父がそう言って説得したんだから、向こうで茶でも飲んででもらえばいいだろう。お前たちも代わる代わる休憩時間を取って、さりげなく話し相手になったらいい。ただし、あくまでもこっちがかまってもらう姿勢でな」

「あ！　なるほど。わかりました。では、全員にそう伝えておきます」

「おう」

だが、吉崇は吉章に倣い、意図して穂純に留守番らしきことをさせていた。

それが穂純にとっては、安堵できる居場所を自身の手で作ることになる。実際は場所を変えて接客されているだけだが、留守番をしているという既成事実は大事だ。

吉崇も仕事の合間の休憩と言いつつ、本堂に顔を出すようにした。


ゴーン。

「オオーンッ」


穂純が極楽院家に来てから瞬く間に一週間が過ぎた。

「お疲れさん。風呂上がりに一本。ラムネでもどうだ」

「吉崇さん」

「冷えてるぞ」

「――はい。ありがとうございます」

日中は本堂で留守番と、話を聞きつけて様子を見に来る近所の檀家を接客。それ以外は母屋である組屋敷で過ごしていた穂純は、夜になると縁側に座り込み、ぼんやり月を見上げるようになっていた。

ここでの生活のリズムは、この一週間で摑めたようだ。

しかし、自分の素性がわからない。〝穂純〟という名前以外は、名字も生まれもわからない。他のことなら大概わかるだけに、それらすべてが穂純にとっては不安材料になっていることに変わりはない。

ラムネの瓶を受け取り笑ってみせるも、それが心からの笑顔でないことは、吉祟にも伝わっている。

「こめかみの傷、治ってよかったな。痕が残らないか、実は気になってたんだ」

「ありがとうございます、何かとご心配をおかけして、すみません」

寝間着代わりに着込んだ浴衣姿の吉祟が隣に腰を下ろすと、穂純は軽く会釈をする。何かにつけて謝罪をするのが、すっかり癖《くせ》になっていた。

「気にすることはねぇよ。それより、日中着てるお袋の着物って窮屈じゃねぇのか？　商店街の店主や奥さん連中が、普段着なら店の在庫からいくらでも出す。穂純特価で、どれでも五円（ご縁）セールでどうだ⁉　とかって、言ってきたんだろう？　それとも、まだ親父からバイト代が出てないのか？」

しかし、穂純がどんなときでも、吉崇の言動は一貫していた。

初めて病室で穂純に声をかけたときからまったくぶれることがなく、元気ではきはきとしていて、とても明るかった。

「いいえ。何かと入り用だろうからと、住職様が毎週末払いにしてくださいましたので、最初の分はもういただきました。なので、必要な下着や外出着だけは、ご厚意セールにお世話になろうかと思ってます。ただ、ご住職やご近所さん、お越しになる檀家さんたちが、亡くなったお母様を思い出して、懐かしい。嬉しいし、とてもよく似合うと褒めてくださるので、家着はお借りしているお着物ですごそうかなって。お寺や母屋にも合いますし、何より吉崇さんもお着物が多いので……」

「そっか。まあ、俺から言わせれば、穂純ほど若い頃のお袋の記憶なんて、誰一人ないはずだし、単純に穂純が可愛いから褒めるんだと思うがな。でも、穂純が窮屈でないなら、お袋も着てもらって喜ぶよ。タンスの肥やしにならずにすむし、何より着物と一緒に自分のことを思い出してもらえる。お茶請けの話題にもしてもらえるだろうからな」

「――吉崇さん」

最初に「俺は極楽院寺住職の息子で、極楽院組の組長だ」と自己紹介を受けたときも、穂純は町内会の青年組長と勘違いした。

　それほど吉祟からもその仲間たちからも、ヤクザやその組織という怖い印象は感じられなかった。

　むしろ、「これでも老舗のヤクザだ」と言い張る吉祟より、得体の知れない自分のほうが穂純にとっては、不気味でならない。

　どうにか自身のことを思い出せないものかと、日々頭を悩ませるばかりだ。

「あ、そうだ。穂純って、もしかしたら八月一日生まれかもしれないぞ」

「え？　どうしてですか。何か俺のことがわかったんですか？」

「いや、そうじゃない。親父や院長が言ってたんだ。八月一日って書いて〝ほづみ〟って読むから、それが誕生日かもしれねぇって。漢字だけ変えたのかもって」

「八月……、一日」

　新たなキーワードを耳にすると、穂純はそれを頼りに考える。

　眉をひそめ、優しく愛くるしい顔を本気で歪めることもしばしばだ。

「あーっっっ！　ごめん。無理に考えたり、思い出そうとしなくていいぞ。ただ、そういうこともあるって話だし。それに、俺にとっては誕生日よりも日付そのものに縁を感じるしな」

「日付に……、縁ですか？」

「そう。俺が穂純に会った夜が八月一日だった。な、すごい縁だろう」

「吉崇さん」

ただ、こうして悩むことに躊躇《ためら》いがなく、また不安がないのは常に吉崇がフォローをしてくれるから——。

今の穂純にとって、吉崇の屈託のない笑顔は闇に差し込む日の光に等しい。が、だからこそ、これ以上迷惑だけはかけたくないという思いも日増しに強まっていく。

「あの、吉崇さん。やっぱり俺を竹川さんに、警察に付き出してもらえませんか」

「は？」

「きっと俺は何かをしたんです。記憶がないのは自分が犯した大罪を恐れて……。だからそれで、あんなに竹川さんのことも怖かったんじゃないかと思って」

穂純は思いきって、吉崇に縋った。

しかし、吉崇はキョトンとするばかりだ。

「そうか？　俺は変態警官に襲われたんじゃないかと思ってるんだが」

「変態……、警官ですか」

吉崇の発想は、穂純にはまったくないものだった。

これには驚いて、クリクリとした目を見開いてしまう。

「ああ。俺たちがお前を見つけた状況と、警官が怖くて仕方がないって姿を合わせたら、そういう発想にしかならねぇんだよ。あの夜、コスプレパーティーか罰ゲームかなんかで女物の浴衣を着たお前を見て、ムラッときたどっかの警官が、職務も何も忘れて襲った。それでお前は逃げたか、抵抗したかって状況の中で川へ落ちてそのまま極楽町まで流れ着いてきた。この場合、警官が知り合いか行きずりなのかはわからないけど、俺としてはしっくりくる経緯だ」

穂純は最初、吉祟が自分のためを思い、こんなことを言い出したのかとも考えた。

「なにせ、ここ最近〝警官が殺された〟とか〝襲われた〟とかってニュースは出ていない。仮に、ニュースにもできないほどの大事件にかかわっているなら、今頃誰かがお前を捜して躍起になっているはずだ。――が、そういう気配もまったく感じられないからな」

しかし、吉祟の解釈には裏づけがあった。

いつの間に調べていたのか、事実に基づいたものだ。

「――でも」

「それに、もしもお前が大罪人だとしても、それはそれで歓迎だ。俺としてはそのほうが嬉しいっていうか、ありがたいぐらいだ」

不安な穂純に、吉祟が口元だけで笑う。

まだ開けられていないラムネの瓶に手を伸ばして、穂純の代わりに封を切る。

「どうしてですか？　もしかしたら俺は、人殺しかもしれないんですよ」

そして、ポンとビー玉を落とすと同時に、目を細めた。

「上等じゃねぇか。この極楽院組の客人としては」

「っ！」

これまで見たことのない鋭い眼差しに、穂純は一瞬息が止まった。瓶の中身が溢れて吉崇の手を濡らすが、すぐに拭くこともできない。

（吉崇さん……）

だが、驚きはしたが、不思議と恐怖の類《たぐ》いは感じなかった。

穂純にとって、吉崇が見せたであろうヤクザな一面は、むしろ新たな魅力として目に映った。かなり本気で凄まれたと思うのに、胸がドキドキしてしまう。

ただそれは、肝心の吉崇がすぐに自分の格好つけに耐えられず、プッと噴き出した。その笑顔とのギャップがいっそう格好よく、また優しく見えたからだったが――。

「なんて、嘘だよ。穂純が大罪人のはずがないだろう。ちっさいゴキブリ一匹殺せないで、ほうきでシッシッとかやって。結局庭へ逃がしてるぐらいなのに」

吉崇は、首からかけていたタオルで溢れたラムネ瓶を拭って、穂純の手中に戻してきた。

「なあ、忍太郎もそう思うよな」

「ワンッ！」

庭先からは、声をかけられた忍太郎が、タイミングよく吠える。

「――吉崇さん。忍太郎。ありがとう……っ」

穂純は手にしたラムネの瓶を握りしめて、昨日よりも少しだけはっきりと笑った。

それを見た吉崇がまた笑い、穂純と吉崇たちの心の距離は一日一日と近くなっていった。

ゴーン。

「オッオ～ンッ」

そうして時間は流れて、更に二週間が過ぎた。

「家族からの音沙汰なしか」

穂純を助けてからちょうど一ヶ月が経った九月一日。吉崇はカレンダーを捲《めく》りながら、珍しく溜息を漏らした。

穂純の家族や親族からの捜索願は、いまだ出ていなかった。

警察の捜査にも限界はあり、事件とも事故とも判断のつかない穂純一人のために、働き続けてくれることはない。

こればかりは、竹川の個人的な思い入れだけでは叶わないことだ。

「すみません。俺の記憶が戻らないばっかりに……」

偶然とはいえ、吉崇の溜息を聞いてしまった穂純から笑顔が消えた。

気配を察した吉崇が、慌てて振り返る。

「誤解するなって。そういうつもりで言ったわけじゃない。むしろ、ホッとして……」

「ホッとして？」

「いや、不謹慎だった。いっそこのまま身元がわからなければ、ずっと一緒にいられるなんて、俺のエゴだ。わがままだもんな」

必死に言いつくろうも、吉崇は我欲に気づいてうなだれる。

「吉崇さん」

「いくら表が寺だと言っても、裏はヤクザな極道だ。穂純に裏街道は似合わない。早く記憶を取り戻して真っ当な世界に、家族のところに帰らないといけないのにな」

いつの間にか穂純のいる生活に馴染《なじ》み、執着さえ生まれ始めていた。

それが穂純のためにならないことは、吉崇も十分承知だ。二度目についた溜息には、諦《あきら》めが込められている。

だが、それを見た穂純が衝動的に吉崇の胸元を摑んだ。

「そんなことありません！」

「え⁉」

「俺もここにいたい。できることなら吉崇さんのそばに、この極楽院家にずっといたいって思ってます。お寺もヤクザも関係ありません」

華奢《きやしや》な手で力いっぱい吉崇のシャツを摑み、今の気持ちを訴えた。

これこそがエゴだ、わがままだという自覚は穂純にもある。

そもそも自分が誰だかわからないような状況で、どこにいたい、誰の傍にいたいなど言えた義理ではない。

いっそこんな感情や、それに伴う判断能力も忘れていたら、楽だっただろうに――。

「穂純」

「なぜこんな気持ちになるのか、わからない。でも……、どうしてか俺は……」

声が次第に小さくなるのと一緒に、穂純の両手からも力が抜けていく。

しかし、今度はその手を吉崇が摑んだ。

「！」

力強く、しっかりと握りしめて、穂純を見つめて嬉しそうに笑う。

「なら、いればいい。ずっとここに。俺のそばに」

「俺を置いてくれるんですか？　自分が何者かもわからない俺を」

「穂純は穂純だよ」

穂純は根っからポジティブな吉崇の言動に、何度となく救われてきた。

「でも、突然記憶が戻ったら？」

「そのときはそのときだ。思い出してから考えればいいだろう」

「吉崇さん……」

たとえ記憶が戻っても、彼への感謝が変わることはない。不思議なほどそう思い、また信じることができた。

「それに、これだけは約束するよ。この先何が起こっても、悪いようにはしない。どんなときでも俺は、穂純にとって一番いいと思う選択をする」

穂純も吉崇の手を握り返す。

「それなら、吉崇さんにとって一番都合のよい選択にしてください」

「──穂純」

「俺のことは、俺自身にもよくわからないんです。だから、この先何があっても吉崇さんにとって一番負担にならない、喜ばしい選択をしてください。それなら俺は、どんなことでも受け入れられると思うから」

もちろん、記憶が戻ったときに〝今の穂純〟がここにいるとは限らない。

もしかしたら、思い出した記憶と入れ違いに、夏からの日々を忘れてしまうかもしれない。

だが、それでも吉崇へのこの気持ちだけは──と、穂純は強く感じた。

「そっか。なら、そうしよう」

「はい」

とはいえ絶対の保証はないので、自分に宛てた日々の記録と日記は欠かさなかった。

意外とちゃっかり──いや、しっかりしている穂純だった。

ゴーン。

「オンオン。オオ〜ンッ」

それから一ヶ月が過ぎて、カレンダーは十月を示していた。

穂純らしき人物への捜索願は、いまだ出されていなかった。記憶も戻る兆《きざ》しがなく、穂純は身元不明者のままだ。

（吉崇さん……。こんな時間に訪ねたら、気を悪くするかな？）

だが、そんな身元云々《うんぬん》よりも穂純が不安を覚え始めたのは、最近になって態度が変わってきた吉崇のこと。どこかよそよそしく、今更他人行儀に感じられた。

穂純は、それに耐えきれなくなり、思いきって吉崇の寝室を訪ねる。

「吉崇さん。お休み前に、すみません。ちょっと、お話ししてもよろしいですか？」

「いいよ。入れ」

「はい」

了承を得たので襖を開くも吉崇は着替え中で、ちょうど浴衣を羽織るところだった。

ちらりと見えた背中には、両刀を振るう武将姿の持国天《じこくてん》。

その勇ましくも慈悲深い神の刺青は、吉崇が十三代目を継ぐと決めたときの覚悟として彫られたもの。あえて両刀を手にしているのは、一刀で先祖代々引き継いできた縄張りである極楽町と町民を、そしてもう一刀では寺や組といった身内と自身を守ることを意味している。

「――で、どうした？」

軽く帯を締めた吉崇が、布団の傍にどっかりと腰を下ろした。

穂純も寝間着代わりにしている浴衣姿で、膝を折る。こちらは正座で向き合った。

「あの、吉崇さん。俺、何かしましたか？」

「何かって？」

「最近、避けられているような気がして……。何かしたなら謝ります。だから――」

そう言って傍へ寄った今も、それとなく身を引かれた。身体一つ分は距離を取られた。

出会ってから最近までは、当たり前のように肩や頭を撫でたり、ハグをしてくれた。吉崇は誰にでもスキンシップをするほうなので、穂純もそれが当たり前なのだと思ってきたし、好感の証《あかし》のようで嬉しかった。

それなのに、今ではまったく接触がなくなり、この状態だ。

「いや、何もしてねぇよ。俺としては、これぐらいの距離間でギリギリなだけで」

「ギリギリの距離？　それって、俺が何か気に障ることをしたんですね」

原因やきっかけはわからないが、穂純は率直に吉崇に嫌われたのだと判断した。

そして、だとしたら、もうこの家にはいられない。すぐにでも出ていかなければと考えてしまい、深々と頭を下げた。

「すみませんでした。ごめんなさい」

身を翻《ひるがえ》し、その場から立ち去ろうと襖に手をかけるも、頭が真っ白になった。

目頭が熱くなり、視界がぼやける。

(吉崇さん)

ただ、今にも泣き崩れそうなところで、これまでになく力強く腕を掴まれ、引き留められた。

「だから、違うって。そうじゃないんだ。俺がお前を好きなんだ。好きすぎるからなんだ！」

吉崇は、そう言うとすぐに掴んだ腕を放した。

「っ⁉」

「俺がヤバいだけなんだよ。なんか――、こう。どんどん、お前を襲ったかもしれない変態と変わらない気分になってきて……。このままだとお前に、なんかやらかしそうで。でも、これって、好きだからどうこうしていいもんでもないだろう？　普通に、それとこれとは別って話だろう？」

迷いや、気持ちのやり場がないのは、一目瞭然だった。

それほど吉崇の目は視点が定まっておらず、両手は穂純のほうへ伸ばしたり引っ込めたりで収まりが悪い。言葉のみならず全身全霊で、「好きすぎて、どうしていいのかわからないんだ」と、穂純に訴えてくる。

「吉崇さん……」

しかし、それがこれまでにはないほど、穂純の胸を熱くした。

悲しくて込み上げた涙が、一瞬して喜びの涙となって、頬へ溢れ出す。

「ごめん！　いきなり好きだとか言われたって困るし、怖いだけだよな。本当に悪かった」

すると、今度はその涙のわけを誤解した吉崇が、部屋を出ようとした。

慌てて穂純が「待って！」と、吉崇の腕を掴む。

「違います！　そうじゃなくて、嬉しくて。俺も……。俺も、吉崇さんのことが好きだから、それで……」

「!?」

「吉崇さんに抱きしめられると、胸がキュンとなりました。自分からも倍の強さで抱きしめたくなりました。だから、距離を置かれた途端に寂しくて……。嫌われたのかなって思うと悲しくて。でも、これって、俺も変態だったたってことですか？　いけないことですか？」

思いつくまま言葉にしたら、何か支離滅裂だった。

だが、穂純の本能は、両手は、好きな人を逃すまいとしっかり捕まえている。

そして、それが十分すぎるほど伝わってきてか、吉崇も安堵したように笑う。穂純に向かって両腕を伸ばして、感情のままに抱きしめる。

「いや、それなら恋だ。俺たちが両思いってことだ」

「きゃっ！」

「穂純。好きだ」

息が止まるほど力強く抱きしめられて、穂純は両手を彼の背に回した。

「吉崇さんっ」

「好きだ。好きだ。大好きだ！」

「嬉しい……吉崇さん。俺も、吉崇さんが好き。大好きです！」

力いっぱい抱き返し、穂純からも吉崇の胸に顔を埋めた。

「キス、しても大丈夫か？」

吉崇が穂純の頭を撫でながら、躊躇いがちに顔を覗き込む。

「――はい」

穂純がコクリと頷くと、妙に恥ずかしそうにしながら唇を合わせた。

（吉崇さん……）

しかし、触れるだけのキスは、すぐに唇を吸うような荒っぽいキスに変わる。

「んっ、くっ」

濡れた舌先が唇を割り、歯列を割って、穂純の舌に絡みついてくる。

（これって、どこで息をしたらいいの？）

ふと頭を過《よ》ぎるも、浮かぶ答えがない。穂純は堪えられるだけ堪えて、吉崇の求めに応じた。

息苦しいよりも喜ばしいが勝っているためか、応じるうちに激しさばかりが増してくる。

（どうしようっ、変……。頭が、ぼんやりしてきた……）

ようやく呼吸ができたときには、吉崇の身体がひどく熱っぽかった。

下肢にはっきりと、頭をもたげ始めた吉崇自身も感じた。

まるで行き場を求め、探しているようなそれに、穂純は自分も熱くなった。顔も身体もすべてが火照《ほて》って、欲情してしまう。

「これだけじゃ、我慢できない。もっと、穂純の全部が欲しい――。でも、いきなりは無理か？」

聞かれたところで、何が全部でいきなりなのか、穂純にはよく理解できていなかった。

「……わからない……。でも、俺は吉崇さんが好きだから……。吉崇さんがいいと思うことを、してください。お任せします……」

肩で息をしている間に、横抱きにされて布団へ下ろされる。

「そう言われると、ハードル高《たけ》ぇな」

仰向けに寝かされただけでドキンとしてしまうのに、吉崇が締めたばかりの帯を解く。

浴衣の前がはだけて、逞《たくま》しくも美しい肉体が現れた。

風呂上がりは下着も着けずに浴衣一枚で眠ってしまう吉崇だけに、穂純は目のやり場に困ってしまう。普段は透きとおるように白い穂純の肌が、限界まで赤く染まる。

「……っ」

「うんと、俺の〝好き〟を知ってもらわねぇと」

羽織っていた浴衣さえ足元に落とし、吉崇が覆い被さってきた。

穂純は無意識のうちに両手を組み、まるで祈るような姿勢で身構える。ここまでくると、さすがに両手を開いて、吉崇の肩や背に回すことができない。

「どうした？　怖いか？」

全身で緊張を示したためか、吉崇が聞いてきた。

すでに二つの身体が重なり合い、吉崇の利き手が穂純の浴衣の合わせを割っている。大きな掌《てのひら》が太腿に触れており、自然と穂純の両膝が閉じる。

だが、いまだ穂純は、吉崇に恐怖の類いは感じなかった。

どちらかと言えば、湧き起こってくるのは、好奇心や恥じらいの類いだ。胸はドキドキしっぱなしだったが、これがすべてときめきであることは、誰よりも理解できる。

そのため、穂純は吉崇の問いに、はっきりと首を振った。

「いいえ。吉崇さんのことは怖くないです。ただ、怖く感じないことが怖いというか、男同士なのに全然嫌じゃないことが、変じゃないかなって。だって、お巡りさんが怖いのに、こういうことが大丈夫って……。いったい俺は、どんな生活をしていたんだろうって思ってしまって」

穂純はここでも思ったまま、感じたままを正直に話した。

すると、身を縮こませてオロオロしている穂純を見て、吉崇がクッと笑う。太腿に這わせていた手を付け根に伸ばし、形を作り始めた穂純自身を下着の上からそっと握り込む。

「関係ねぇよ。穂純が抱かれて怖くないのは、俺だからだ。いつの間にか俺に惚れて、片思いしていて、今日までずっと愛されることを望んでいたから、こうして喜んでいる。絶対にそうだって」

「吉崇さん」

ちゃんと吉崇の目を見て話を聞きたいのに、穂純の意識は必然的に下肢へ向く。

優しく扱《しご》かれ、喜び勇んで膨らむ自身が気になり、瞬きにかこつけては吉崇から目を逸《そ》らしてしまう。

（どうしよう……。気持ちがいい）

自慰とは何か違う心地よさに捕らわれていく。

その反面、何か罪悪感にも似た気持ちに捕らわれるのは、なぜだろうか？

「だって、俺がそうだもんよ。同性にこんなことするのは初めてだが、まったく嫌な気がしない。それどころか、嬉しくて嬉しくてたまらない」

「……あっ！」

このままではまずいと思ったときには、吉崇の手中で穂純の欲望が弾けた。

あまりの呆気《あっけ》なさに身震いするほど恥ずかしい。申し訳なさも込み上げる。

せめてもの救いは、まだ下着を着けている。直接吉崇の手は汚さなかったことだが、当の本人は気にしてはいない。

それどころか直に触れたい、達した姿が見たいという欲望が増したようで、吉崇は穂純の下着に手をかけてくる。

「本当、可愛くて仕方がねぇ……。穂純になら、こんなこともできる」

「ひゃっ！」

強引に脱がせた勢いで浮き上がった脚を両肩に担いで開き、その股間に躊躇いもなく顔を埋める。達したばかりのペニスを頬張り、わざとらしくしゃぶり始める。

「やっ、駄目です。そんなことしたら、汚いっ」

驚いた穂純が脚を閉じるも、閉じられない。

吉崇の愛撫から漏れる卑猥な音が刺激となって、覚えのない奇妙な快感まで湧き起こる。

「やっ、ぁっ……吉崇さ……っ」

一度は達して落ち着いたはずが、再び亀頭を持ち上げ始めて、穂純を困惑させる。

——このままでは、今度は直に放ってしまう、と。

「あ……、んっ⁉」

しかし吉崇は、十分な形を成した穂純自身を途中で放して、愛撫を陰部の奥へずらした。

ペニスから陰嚢に唇を、舌を這わせて、小花のような窄《すぼ》みをねぶり始める。

「そうだな。他の野郎の尻なんて、見るのも触るのも嫌だろうな。ましてや口にするなんて、狂気の沙汰だ。なのに、なんで……穂純のは平気なんだろう。こんなこともしたくなる——」

吉崇の尖《とが》った舌先が、力強く窄みの入り口に突き刺さる。

無駄な抵抗とわかっていても、イヤイヤをするように身体をくねらせる穂純だったが、それが吉崇にとっては手助けになっていた。

舌先がねじり込むようにして、窄みの中へ入り込んでゆく。

「駄目……っ。も……」

その上、膨らんだまま放された欲望を、ずっと弄《いじ》ってもらえずすねたように尖る胸の突起を同時に触れられたら、もう無理だ。

「そんなにしたら、どっかに、いってしまう……」

穂純は、身体の至るところから湧き起こる快感に、両手で布団カバーを握りしめる。

「どこにいくって？」

問いかけと共に舌が離れてホッとするも、今度は胸を弄っていたほうの手が伸び、入れ違いに指で探り込んできた。舌より確実に中へ、奥へと入り込んでくるそれが、穂純の身体の中だけでなく心まで掻き回す。

「わからない……っ。わからないけど、一人はいやっ……。一人は、怖いっ」

唾液で潤んだ後孔の中を縦横無尽に弄り回され、穂純の両手が堪えきれずに吉崇へ伸びた。

しかし、両の脚が吉崇の肩にかかっているため、どう足掻《あが》いても届かない。余計に身を捩《よじ》るも、それが自身を刺激し、深く入り込んだ長い指を、いっそう奥まで招いてしまう。

「吉崇さ……っ」

とうとう泣き出してしまった穂純の中から、指が抜かれた。

肩から脚が外され、布団へ下りた途端に、子供のようにしがみついてくる。

そんな穂純を受け止めると、吉崇はしっかりと抱きしめた。愛おしくて仕方がないとばかりに、こめかみや頬に口づける。

そして、顔を真っ赤にした穂純が幾分落ち着くと、

「――しょうがねぇな。そんなこと言われたら、我慢がきかねぇじゃねぇか。勢い任せにして壊したらヤバいと思って、必死にコントロールしてんのによ」

吉崇は今にも爆発しそうな自身で、穂純の陰部を改めて探った。

すでにここが入り口であることを認識させられた穂純は、窄みに亀頭の先が触れても驚くことはしなかった。逆に、慎重な吉崇を急かすように抱きついた両腕に力を入れる。

「コントロールなんて……しないでください。壊してもいいから……一人にしないで……」

「そんなこと言って、あとで後悔しても知らねぇぞ」

「……しませんから」

何かを覚悟したように、穂純が瞼《まぶた》を固く閉じた。

少しばかり口がへの字になっているのは、穂純なりの頑張りなのか虚勢なのか。吉崇の中で、穂純への愛おしさがこれ以上ないほど湧き起こる。

それにもかかわらず、気持ちのどこかに貪欲で薄黒い支配欲や束縛心が芽生え始めた。

こいつは俺のものだ。いいや、俺だけのものだ――と。

「その顔もたまらねぇ。なら……、遠慮しねぇぞ」

吉崇の思いが、自身と共に穂純の中へ押し入った。

「ひゃっ‼」

そこに膜など存在しないであろうが、突き破られたような衝撃を受けて、穂純が悲鳴を上げて身体を捩った。

身体の奥で受けた圧迫感と激痛は、穂純がした覚悟を遥かに超えていたのだ。

一瞬にして顔をゆがめた穂純を見て、吉崇もハッとする。

「ほらみろ。やっぱり痛いんだろう」

「駄目っ……っ。離れちゃいや……」

「——っ」

腰を引こうとしたが、それは穂純自身が食い止める。

うまくできずに嫌われたらという怖さからか、もしくは入れ直しなどもっと無理だと本能が警告したのか、穂純は吉崇が引くことを許さない。

「好き。吉崇さ……んが、好き……」

吉崇にというよりは、自分に言い聞かせるように思いの丈を口にする。

まるで何かの呪文のようだ。

「穂純」

「吉……崇さっ」

必死に受け止めようとする穂純が愛おしい。

吉崇も、いきなり無茶な行為を仕掛けた自覚があるだけに、ここで「いや、今夜はやめておこう」「徐々に慣らしていけばいいもんな」「大好きだ穂純。愛してる――」と、言うべきことは頭に浮かぶ。

だが、いかんせん本能が納得しない。これはまずいと思ったときに引ければよかったのだろうが、それができなかったところで惨敗だ。

「あっ、も――。明日はつきっきりで面倒見るから、今夜だけは我慢しろ！」

吉崇は理性を手放した。

一気に奥まで突き入り、穂純のすべてを奪った。

「――んんっ」

唇を噛む穂純を抱きしめ、あとは自身の本能に委ねる。

「あんっ……っ、吉崇さ……っ」

吉崇自身が抽挿《ちゆうそう》を始めると、穂純は痛みを誤魔化すように、吉崇の背にしがみつく。

無意識のうちに爪が肌に食い込み、持国天の顔や身体に痕を残す。

だが、そんな些細な痛みでは、吉崇の欲望は止まらない。

「いいっ……っ。いいぞ穂純。お前の中……、気持ちがよくて最高だ。何発でも、やれそ…」

自分のほうが押し入ることに慣れてしまえば、あとは絶頂へと赴くまでだ。

「吉崇さんっ……」

「う……、くっ――!!」

こうして穂純と吉崇は、出会って二ヶ月弱で結ばれた。


ゴーン。

「オーンッ。オンオン、オーン」


翌日、吉崇は床から出られなくなった穂純を、甲斐甲斐《かいがい》しく世話をした。

それを黙って見つめる周囲の者たちには、真っ赤な顔で「すまん。我慢できずに、穂純を嫁にした」と、声も高らかに宣言もした。

だが、誰一人として驚く者はいない。

「若――」

「よかったっすね」

「お幸せに。どうか、お幸せにっっっ」

早くから吉崇の気持ちに、また穂純の気持ちの変化に気づいていた静生や若い衆は、心から二人が結ばれたことを喜んだ。

すでに穂純の人となりは、十分なほど見てきた。

容姿だけでも愛おしいのに、性格はそれ以上に愛らしく素直で優しい。

しかも、根っから働き者なのだろう。穂純が来てからというもの、本堂は以前にも増してピカピカで、墓地には雑草一本生えていないし、落ち葉も常に掃除されている。

あえて言うなら、本尊や墓石に向かって話しかけ、一人でニコニコしているところがオカルトチック――いや、ファンタスティックだが。

それにしたって、こんな嫁なら性別なんてどうでもいい。

でかした、組長！　俺たちに可愛い姐さんをありがとう。万歳‼　という域だ。

「……とはいえ。この先、極楽院家の跡継ぎはどうなるんでしょうか？」

至極当然な問題はあったが、そこは吉章が笑って答えた。

「心配するな。いざとなったら、これからでも俺が張り切ればいいことさ。なーに。亡き妻とて、息子が妻に不貞な男になるよりは、現在独り身の俺が奮闘するほうが嬉しいだろう！」

「おやっさん。それは本気で言ってますか？」

「そろそろ大姐さんの命日ですけど、大丈夫ですか？」

若干、この解決法のほうが問題がありそうな気はしたが、いまだ現役バリバリの吉章なら、本当にやりそうだ。

それがいいのか悪いのかは、生憎静生たちには判断がつかない。というよりは、今は亡き姐の崇《たた》りが怖くて、あえて判断をしない選択をしたのもある。

「だ、大丈夫だって。それでも駄目なら親戚筋を当たればいいし、お前らの中から養子を取ることも可能だ。最後は吉崇と穂純が話し合って決めればいいだけで――。なんにしたって、俺たちにできることは、新婚の邪魔をしねぇことだからなぁ。あっははははは」

もしかしたら、言ってはみたものの、吉章も背後に何かを感じたのかもしれない。

すぐに代案を提示し、いそいそと妻の遺影に手を合わせに行った。

「おやっさん……」

なんにしても、こうして穂純は吉崇の嫁であり、極楽院組かつ極楽院寺の嫁となった。

すぐに話はご近所中に知れ渡り、内々とはいえ玉吹をはじめとする町内会の住人にも祝いの場を設けてもらった。

吉崇や穂純の人柄もあるだろうが、根本的に何も気にしない町民かつ、おおらかな土地柄だ。

極楽町とはよく言ったものだ。

「おめでとー、よっちゃん。穂純ちゃん」

「サンキュ！　竹川」

「よかったよかった。これで奥さんも、あの世で一安心だな」

「おう、玉ちゃん。あいつが生きていたら、一番喜びそうな可愛い嫁が来てくれたからな。きっと、これまで以上に我が家を見守ってくれることだろうよ」

とても狭い世界の中とはいえ、穂純は誰もが認める極楽院穂純として生きることになった。

もはや、記憶の有無や戸籍のどうこうは関係なかった。

「おめでとう。穂純ちゃん」

「ありがとうございます。組合長さん。商店街の皆さん」

「何々。穂純ちゃんは、今や極楽町のアイドルだからね。これでずーっとここにいてくれるってなって、みんなが大喜びだし嬉しいよ」

「ありがとうございますっ」

「ほらほら、泣いたら駄目よ。穂純ちゃんは笑顔もいいけど、泣き顔も可愛いんだから。みんな癖になっちゃうでしょう」

「あ、そうだ。ケーキ食べるかケーキ！　おっちゃんが大奮発して、徹夜で作ったウエディングケーキ、極楽バージョンだぞ！」

「総菜屋の唐揚げも美味しいぞ。ジュースもいっぱいあるからな」

「う……、はいっ」

当人同士が愛し愛され、それを周りが心から歓迎した。

誰に何を言われる筋合いもなく、皆が笑顔で「ああよかったね」だ。

「穂純。一生大事にするからな」

「吉崇さん」

「オオンッ」

「忍太郎もありがとう」

「オンオン」

ただ、極楽院組員たちが、想像もしていなかった事態に見舞われることになったのは、披露宴の余韻覚めやらぬ翌日のことで——。


ゴーン。

「ふん、ふふふ、ふーん」

「……オン？」


誰もが認める働き者な穂純は、嫁認定をもらった嬉しさから、これまで以上に張り切った。

時鐘が鳴る前に起床し、意気揚々。鼻歌交じりで台所に立っていたのだ。

「何してるんですか？　穂純さん。こんな早くから」

「おはようございます、静生さん。朝ご飯の支度をしていたんです」

「へ⁉　駄目ですよ！　穂純さんに、姐さんにそんなことさせられません」

「そうっすよ！」

だが、予期せぬ理由で、穂純は出鼻をくじかれた。

「でも、俺はもう、これまでのような留守番専門の住み込みバイトじゃないんです。皆さんと一緒に、これまで以上に家のこともしないと」

「いえいえ！　バイトどころか、今や穂純さんは組長の嫁さんなんです。俺たちにとっては、組長共々命懸けでお守りするべき姐さんなんですから、下っ端たちがするような家事なんて滅相もない。これからは本堂の留守番も掃除もなし。ましてや、水仕事なんてもってのほかです。手が荒れます」

「そうっすよ!!　俺らの給料には、家事仕事も含まれてるんっす。ここで姐さんがやり始めてしまったらクビになる。路頭に迷っちゃうじゃないっすか！」

静生どころか、あとから起きてきた栄や文太たちにまで全力で止められてしまったのだ。

「——でも、せめて食事の支度だけでも」

「食事係は栄の担当っすよ。こいつは板前崩れで、それしか取り柄がないんです」

それでも食い下がってみたが、即却下。穂純は、周りから言われることの意味はわかっても、何だかもの悲しくなってきた。

なにせ、これまでバイトと称して、留守番だけでなく、本堂や庭の掃除をみんなとしてきた。さすがに水回りや母屋の家事に関しては、バイトの範囲外だったので、下手なことはできなかった。吉章にも「ここだけしっかりやってくれればいい」と言われていたので、その言葉に従った。

だが、嫁になった今なら、母屋の家事にも参加できる！

これからは自分の手料理も、家族となったみんなに食べてもらえる！

そう思って張り切ったがために、「これからは何もしなくていい」と告げられたことがとても寂しく、まるで疎外されたように感じてしまったのだ。

「なら、俺は皆さんの食事を作る。栄さんは俺の食事を作るのでどうですか？　そうしたら、俺は皆さんのために働けるし、栄さんのお仕事もなくならないでしょう」

「姐さん」

「お願いします、静生さん。皆さん。俺にも何かさせてください。ここで役に立っていることを実感させてください。そうでないと不安で――。いくら吉崇さんと結ばれたとは言え、自分がただの厄介者《やっかいもの》な気がして……」

穂純は半泣きで静生や栄たちに縋った。

「わかりました。そうまでおっしゃるなら、食事の支度だけお願いします。ただし、片づけや洗い物のは栄にやらせます。姐さんの補助としても好きに使ってやってください。そうでないと、栄も手持ちぶさたになっちまうんでね」

静生は仕方なく、穂純がしたいようにさせることにした。

よくよく考えるまでもなく、穂純の中に残っているであろう記憶に一般的な主婦の役割はあっても、極妻・極姐《ごくあね》としての作法や仕事が入っているわけがない。

いきなり「床の間にドンと構えていてください」と言われたところで、かえって不安になるのも頷ける。

だが、そのうち環境に慣れてくれれば、家事を任せるのも姐の仕事だとわかるだろう。

命令したり、彼らの仕事の出来をチェックすることが自身の役割になったのだと、賢い穂純ならすぐに理解し、また実行してくれるだろうと考えたのだ。

「はい！　ありがとうございます」

こうして極楽院家の食卓は、穂純に任されることになった。

「すごいな。姐さんは何でもできるんですね」

「栄さんには敵いません。特に魚さばきは――。さすがは元板前さんですね」

「いえ、元板前見習いですよ。結局修業先の親父と大喧嘩して、店を飛び出して。若に拾われて今に至るです」

「栄さん」

実際料理の仕方も覚えているようで、穂純は何をするにしても手際がよかった。それを栄が見ていて、褒めてくれるのがとても嬉しい。

「それにしても姐さんは、センスがいいですよね。彩りというか、盛りつけというか。本当に目が欲しくなる料理ばかりだ。もしかしたら、姐さんこそ以前は料理人だったのかもしれないですよ」

「そうだといいんですけど」

「姐さん？」

「そういう、人に胸を張れる職に就いていたならいいんですけどね」

ときおりふっと湧き起こる不安だけはどうすることもできないが、穂純はそれさえ吹き飛ばすように、笑顔で食事作りを頑張った。

しかし、その結果――。

（ぶほっ‼）

（うぐっ！）

（どうして？　なんで？　こんな見た目のいい料理から想定外の味がするんだ⁉）

（想定外どころか初めての味っすよ、静生兄貴。これっていったい、どこの国の料理なんでしょう？　きっと、そういうところも忘れちゃってるんだろうけど）

穂純が一般的に知られる国の料理人でないことだけは、即証明された。

（こんなことなら食事でなくて、掃除を頼めばよかったのか？）

（いや、そんなこと言ったら、姐さんは一日中掃除しちゃいますよ。母屋のほうが本堂よりも広いし、真面目な上に凝り性なんで、俺たちの想像を超えた完璧を目指す気がします。それに、実際姐さんにトイレや風呂掃除なんかさせたくないっす）

（でも、そしたら、毎日この料理ですよね）

（――ちょっと待て！　何か考える。どうにか理由を作って、これきりにさせる）

（それで姐さんが泣いちゃったら、どうするんですか？　さっきだって半べそだったのに）

（うぬぬぬっ）

食卓に着いた吉章以外の全員の目がいっせいに泳いだ。

そして、この瞬間から以心伝心――彼らは目配せだけで、料理内容についてだけは、やりとりできるようになったのだ。

「栄さんのご飯は、本当にいつも美味しい！」

当の穂純本人は、大満足で茶碗と箸を持っていた。すっかり定着していた着物の上から羽織った割烹着《かつぽうぎ》姿が、なんとも言えずに愛らしい。

だが、そんな姿を見ても、今日は誰一人として笑みが浮かばない。

それは夫たる吉崇も同様だ。

（栄の食事が美味しいってことは、味覚音痴とかではないんだよな？）

（静生兄貴。俺が言うのもなんですが、そういう音痴ではないと思います。食材や調味料の種類にも詳しいし、扱いや手際もいい。料理そのものも下手じゃないです。ただ――）

（ただ？）

（ちゃんと味見をしてるにもかかわらず、これってことは、もしかしたら美味しいと感じる範囲が無限というか、マズいと感じる範囲が皆無に近いのかもしれません）

（マズいと感じる範囲が、皆無!?）

（はい。ようは好きだけで、嫌いがないタイプってことです）

（嫌いがない……か）

一度手にしたが最後、空になるまでは置けない茶碗と箸を両手に、男たちはひたすら目談を交わし続けた。

（そう。苦みも渋みも好きな人は好きじゃないですか。匂いにしても、個性的なものが好きな人はいるし、昆虫をタンパク源に食するのが当たり前の国だってある。おやっさんや静生兄貴もクサヤやブルーチーズとか意外に好きでしょう。ようは、食文化の違いというか、珍味とマズいのは紙一重だと思うんですけど……。姐さんには、その紙一枚さえないのかなって）

（俺には生死の紙一重に思えるぞ。ってか、どんな食文化の国で育ったら、こんなことになるんだ⁉）

（知りませんよ。姐さん本人が忘れてるのに。でも、作業もちゃんとしてるし、見た目の仕上がりもいいので、ただの飯マズとも思えなくて……、うぐっ！）

ときおり怖々ながらも食事を口に運ぶが、そのたびに咽《む》せそうになるわ、両手は震えるわで、体面を取り繕うのに必死だ。

せめて吉崇なり、吉章が「初めての味だな」ぐらい言ってくれれば、意を決して「これはどこの国料理かな？」談義もできるが。肝心な吉崇は能面のような顔で食べ続け、吉章に至っては満面の笑みだ。

「うんうん。穂純の飯は美味いな」

「ありがとうございます。お義父様」

「お、お義父様！　いやはや、照れるなぁ〜」

若くて可愛い嫁にメロメロになるにしたって、味覚の耐久には限度があるだろう。

ということは、もしかして吉章は味覚音痴？

これまで何を出しても「マズい」「これは嫌いだ」と言ったことがなかったのは、好き嫌いがないというレベルではなかったのか⁉　と、新たな問題まで浮上してしまう。

（うーん。今世紀最大のミステリーだな）

（いや、この謎は姐さん自身の記憶が戻ることでしか解けないんで、俺らにとっては先が読めないサスペンスっすよ）

結局――。栄の言う食文化説や穂純の記憶喪失が、彼らに耐えることを選ばせた。

きっと世界のどこかには、この味が当たり前の国があるに違いない。百歩どころか百万歩譲ってそう考えて、無理矢理胃に落とした。

ただ、その日の夕飯時のことだ。

「嘘、美味い！」

「何、何これ‼　むちゃくちゃ美味ぇっ！」

打って変わって見た目どおりの味がしたため、男たちは油断した。

きっと今朝は張り切りすぎて、失敗したんだな。新婚で舞い上がりすぎていて、味つけがわからなくなっていたんだ。可愛いな、もう！　と、浮かれた判断をした。

「美味しいです！　姐さん!!」

「ありがとうございます！　嬉しい。俺、これからも皆さんに喜んでもらえるように、精一杯頑張ります。精進しますすね」

「お願いしまーす！」

満面の笑みで、一同声を揃えて「お代わり」もした。

だが、それが不定期に訪れるらしい〝奇跡の味つけ日〟だったと知るのは、翌朝のことで――。

「おおっ！　これもまた美味いな。何か隠し味でもあるのか？」

「はい。商店街の薬局のご主人が、吉崇さんの健康促進にって、マムシの黒焼きの粉末をくださったんです。なので、それなら皆さんで健康になれればと思い、お味噌汁のお出汁《だし》にしました」

（マムシの黒焼き⁉）

（なぜ、出汁に⁉　それって、そのままオブラートとかに包んで飲むんじゃ⁉）

（オーマイガッ！）

（ブホッ！）

吉章が「美味い」と言い続け、吉崇と忍太郎が無言で堪え忍んでいるがために、静生たちも腹を括《くく》るしかなかった。皆揃って「お願いします」と笑顔で言ってしまった手前、もはやあとには引けなかったのもある。

「どうしたんですか？　吉崇さん」

「なんでもない。慌てて食ったら、喉に詰まっただけだ。な、忍太郎」

「ワ……ンッ」

食文化、食文化、食文化。

きっと穂純は記憶をなくすまで、世界中を旅して回っていたに違いない。

時には生きるために、昆虫や爬虫類だってタンパク源として美味しくいただいたケースもあったかもしれない。

「まぁ。吉崇さんったら。あ、ご飯粒が口元に――」

「ん。ありがと」

（愛って、偉大だな）

（そうっすね）

それでも穂純の笑顔と居場所を守りたい一心で、男たちは生涯この試練を共にすることを決意した。ここへきて味覚音痴疑惑が発覚した吉章以外は、毎日命懸けで穂純が作るご飯を食べ続けたのだ。

そして、「ちょっとだけ胃や腸が強くなった気がするっす！」「味覚の耐久性が上がったかもしれないな〜」と笑い合い、これまで以上に結束を強固なものにしていった。

＊＊＊

出会いから三ヶ月、結婚から一ヶ月が過ぎた十一月――今現在。

二日酔いに効く朝食後のラブラブが約束されていた吉崇は、穂純を連れて再び寝室にこもった。

「んっ、ぁんっ……。吉崇さっ」

素直で律儀なところはあらゆる場面で発揮されるらしく、穂純は吉崇から裸エプロンをリクエストされると、恥じらいながらも応じていた。

布団の上に体育座りし、命じられるまま脚を開く。

「やっぱり俺には、穂純が一番のご馳走だ。ここも、ここも――、全部美味い」

「あんっ、だめ。そんな……、あっ」

吉崇は飢えた獣のように、穂純の股間に顔を埋めて貪《むさぼ》りついていた。

エプロン一枚を身に着けた姿のどこがいいのか、やらされている側の穂純には、最初まったく理解ができなかった。

しかし、スカートの中を覗くようにしてエプロンの中に頭を突っ込んでいる吉崇の姿を見ていると、これはこれでいやらしい感じがすると気がついた。なんだか見ている側もそわそわしてくるので、穂純は理屈抜きにシチュエーション萌えを納得してしまう。

「ひどいっ。もぉっ」

「なら、もっとひどくしてやる」

恥じらう穂純を弄り倒して満足したのか、吉崇が体勢をずらして覆い被さった。

「吉崇さ――、っんんっ」

初めの頃に比べて、悲鳴を上げるような圧迫感は、穂純も感じなくなっていた。

吉崇も初夜から数日後には勝手が摑めたのか、欲望に任せて突き入ることはない。常に穂純の具合や顔色を窺《うかが》いながら、探り探り入り込んでいく。

「そんなに締めるなって。俺のが千切れる」

そして、ときには気遣うふりをしながら、わざと緩く浅い抽挿で穂純を焦《じ》らす。今ではこれも愉《たの》しみで、快感なほどだ。

「吉崇さんこそ、そんなに突いたら――んっ」

「そんなに突いたら、どうなるんだよ」

「聞かないでください」

一つに繋がり、真っ赤な顔で恥じらう新妻が愛おしい。つい、意地悪な質問もしてしまう。

「知りたい」

「吉崇さんっ」

「口で言わないなら、身体に言わせるまでだぞ」

真っ昼間から仕事もしないで何をしているんだと言われそうだが、今日は日曜日だ。

だからこその前夜の深酒だっただけに、吉崇はこのまま明日の朝までイチャついてやろうかという勢いだ。

「あぁ――、痛いっ」

「⁉」

それでも穂純の眉間に皺が寄ると、吉崇はすぐに行為をやめた。

この苦痛ばかりは、自分ではわからない。想像したところで、理解できることでもないので、穂純の言動には敏感だ。

さらりとした細い髪を撫でながら、「どうしたらいい？」と問う。

すると、穂純が吉崇の肩に抱きつき、か細い声で強請《ねだ》った。

「もう少し、ゆっくり……。優しく……してほしい」

痛いからといって、やめたいわけではないらしい。吉崇との愛し方を覚え始めた穂純の好奇心や欲情は、素直な分だけ貪欲だ。

「これぐらいいか？」

吉崇が加減をしながら腰を揺らすと、恥ずかしそうにこくり頷く。

「気持ちいいか？」

「――はい」

全身全霊で結ばれていることへの喜びと快感を示す穂純に対して、吉崇は愛しさばかりが増していく。自身にブレーキをかけるのは大変だが、この姿が見られるのなら大した我慢ではない。

「そっか。奥まで突いても、これぐらいならいいわけか」

「ぁんっ」

「本当だ。いい具合に締めつける」

不意を衝くように乳首を摘《つま》み上げると、穂純が「ひゃっん」と鳴いた。全身を窄めるようにして身もだえる姿がたまらず、吉崇の自身がいっそう奮い立つ。

ペニスを包んで蠢《うごめ》く肉壁から伝わる渇欲は、吉崇だけが知る至極の秘密だ。穂純本人でさえ気づいていない淫楽への期待に応えるよう、吉崇は摘んだ乳首を軽くねじった。

「ぁっ……っ」

悪くはないらしい。ちょっとしたいたずら程度の痛みなら、穂純の身体は刺激と捕らえる。とても素直でわかりやすい反応だ。

「同時に中がきつくなった。敏感だな、穂純は」

摘んだ乳首を転がしながら、言葉でも煽ってみる。

「違います……っ。そうじゃなくて、これは吉崇さんのが……」

「俺のがなんだよ」

「……」

「ほら、言ってみろよ」

「吉崇さんのが、大き……。もう、言わせないでくださいっ」

躊躇いがちに答えて自滅していく穂純の姿が、なんとも言えない。吉崇は軽く腰を動かしながら、更にじわじわと穂純を追い詰めていく。

「ははは。本当、可愛いな――。俺がこんなになるのは、穂純の全部が気持ちいいからだ」

「ぁっ、ぁっ――もう、も……」

穂純の限界が近いことは、吉崇にもわかっていた。

身体の中も外も、ふるふると震えている。

「何？」

「そんなに意地悪しないでください」

「そろそろ決めてほしいか」

穂純が頷きながら吉崇の背に回した両手にぐっと力を込めた。

「なら、キスしてくれよ穂純から。俺の中でイって、出してって言う代わりにさ」

「吉崇さん」

「それぐらいならいいだろう」

真っ赤にした顔を自ら寄せて、穂純が吉崇のそれに唇を合わせる。ちょんとぶつけるだけの不慣れなキスが、吉崇の欲情を煽り、我慢の限界を超えさせる。

「穂純、最高。でも、そしたらちょっとだけ我慢しろよ。さすがにスパートかけるとなると、我を忘れちまうかも」

「――っあんっ」

まるで「逃がさないぞ」と言わんばかりに、吉崇は穂純の腰を摑むと激しく抽挿し始めた。

「穂純も、気持ちよくしてやるからさ」

「吉崇さっ、も……だめっ。イく……っ」

身体の奥深いところまで突かれて、掻き回されて、穂純も全身で感じているのが痛みなのか快感なのかがわからなくなっている。

「吉崇さん……っ。あぁっ……好き」

だが、何がどうわからなくなっても、これだけは心から言えた。

「大好き――っ」

はっきりと言えた。

「俺もだ。俺もお前が、好きだ！」

「ぁぁんっ」

吉崇は穂純を溺愛し、また穂純も吉崇を愛し、絶大な信頼を寄せていた。

「吉崇さんっ。吉崇さ……。吉崇さ……んっっっ」

こうして誰が見るわけでもないので、二人のイチャイチャはしばらく続いた。

穂純は吉崇に放してもらえないまま、翌朝まで寝床に埋没していた。

その結果、昼食はおろか夕食の用意も、栄がすることになった。

(若！　グッジョブです)

(まさに身体を張ってるな——。いろんな意味で)

当然この結果に組員たちは歓喜した。

「オンッ」

忍太郎に至っては、尾っぽをブンブン振りたいのを我慢しているのか、付け根を震わせながら食べている。

(それにしても、美味いのに何か物足りないと感じるのは俺だけだろうか？)

(なんだ⁉　何が足りないんだ⁉　こんなに美味いのに脳が満足していない気がするのは、どうしてなんだ⁉)

ただ、すでに彼らの舌や脳はマゾ化し始めていた。

「オン？」

そしてそれは忍太郎にも言えるらしく、しょぼりと垂れた尻尾が何か満たない様子を窺わせていた。

3

境内の紅葉が色を変えて落ち始め、十一月も半ばに入った。

「さて。今日も吉崇さんとみんなのために頑張らなきゃ！　ね、忍太郎」

「ワンッ」

「あ、姐さん。ですからそれは俺らの仕事……」

「誰か！　誰かいるか」

穂純が栄を振り切り、竹ぼうきを手に境内の掃除に行こうとしたときだ。極楽院組の表門から聞き覚えのある声が響いてきた。

穂純は栄と顔を見合わせて、足早に移動する。

「どうされたんですか？　玉吹先生」

「商店街の組合長さんまで一緒になって」

「あ、穂純くん。栄。吉崇や吉章はいるか？　ちょっと急ぎの話があるんだが」

何やら玉吹の様子が慌ただしい。普段は笑顔の絶えない八百屋の亭主・商店街の組合長も神妙な顔つきだ。

「──はい。どうぞ、上がってください」

穂純は栄と共に二人を母屋へ通した。

客間となっている大広間のうちの一室、床の間のある部屋で玉吹と組合長を上座に迎え、吉崇と吉章が並んで向き合う。

「粗茶ですが――」

「ありがとう。穂純ちゃん」

吉崇の傍らには静生と文太も控えており、穂純も栄が淹れたお茶を一緒に出したのち、廊下傍の雪見障子前にて、様子を窺っている。

そうして玉吹と組合長が用件を話した。

「――玉ちゃんと会長のところに不動産屋が来た？　持ってる土地を全部売れ？　商店街の連中を追い出すのにも協力しろ？　それって早い話、地上げか？　商店街を丸ごと買って、再開発でもしようっていうのか？」

聞き終えた吉章が、呆れた口調で内容の再確認をする。

「だとしても、〝そういえば、嫁に行かれた会長の娘さんって、今おめでたなんですよね〟って、けっこうストレートな脅迫つきだよな？　それ、もう、真っ当な不動産屋じゃねぇだろう。いったいどこの横暴大手だ？　地上げ専門のヤクザを抱え込んでるレベルの業界大手か？」

吉崇もそうとう怪訝《けげん》そうな顔をした。

これはただの相談や面倒事ではない。寺ではなく、あえて組に話が持ち込まれたことには、それ相応の意味があったとわかったからだ。

「それが——。直に話を持ってきたのは、地元に根づいていたはずの中小企業の不動産屋なんです。何をどう丸め込まれたのか、商店街の再開発が極楽町の地域活性化に繋がると信じてる。脅迫されてるふうには見えなかったんで、よほど金を積まれたのか饒舌《じょうぜつ》に巻かれて洗脳されたのか。なんにしても、再開発の大本が千金楽《ちぎら》建設ってところで、まともな話じゃないでしょうけど」

憤《いきどお》る組合長の手が震えていた。

「千金楽建設？　戦後の高度成長期に、癒着と賄賂《わいろ》で成り上がったと言われる、あの千金楽か」

吉章の表情も優れないものになってくる。

「親父。あそこと縁のある組ってどこだ？」

「多すぎてわからん。千金楽は創立当時から、行く先々で地元のヤクザを短期契約で使い分けてきた。これっていう組織と癒着を深めない代わりに、どことでも利害の一致や金だけでやりとりができる体制を作り、守り続けている。義理も情もない代わりに、割り切りと金払いがいいことで、ヤクザ連中からは信用されているからな」

「——ってことは、話を預かってきただけだろう不動産屋を問い詰めたところで、背後関係までわかるとは限らないってことか。それで、嫁に行ったたっていう娘さんは、今どこに？」

突然浮上した問題が、思いのほか大きいことに、吉崇も困惑しているようだ。

それでも脅迫に利用されようとしている娘の存在は忘れない。まずはそこが一番だと、組合長に訊ねる。

「婿さんの実家だ」

「なら、すぐにうちのもんを見張りに」

「いや、それは大丈夫だ。婿さんの実家は秋田《あきた》なんだが、代々マタギの料理屋の家系で、お義父さんは現役の熊撃ち名人だ。連絡をしたら、嫁と腹の中の孫の命は俺が預かった。業務上過失致死傷罪で塀の中へ行ってでも守り抜くから、安心して地上げ屋と闘えと言ってくれたのでな」

これはこれで想像もしていなかった返事だった。

吉崇と吉章が顔を見合わせる。

「マタギのおっさん、すでに熊と間違えて撃つ気満々だな」

「心強いが、本当に撃ったら洒落《しゃれ》にならんだろう。ストッパーとして二人ぐらい送っておいたほうが安心だな」

「うむ。静生！」

「はい。承知しました」

ここは控えていた静生がすぐに動いた。隣にいる文太に目線だけで指示を出す。

すると、「すぐに手配します」と会釈をし、文太がその場を離れる。

吉崇はそれを見送ると深呼吸をついてから、改めて腕を組んだ。

「それにしたって、どうして今頃地上げなんて。再開発とは名ばかりで、実は商店街の下に埋蔵金でも埋まってるのか？　だとしても、そうとうなお宝でない限り採算は取れねぇよな」

「二〇二〇年の東京《とうきょう》オリンピック招致が決まったからだろう。あれ以来、不動産、建設、投資業界はけっこう賑わっているって話だ。まあ、国立競技場騒動だのなんだので、表立った問題のほうが世間一般には浸透してそうだがな」

吉章は「バブル全盛を思い出す」と言いつつ、着物の懐から煙草を取り出した。火を点け、一服しながら「懲りない連中もいるもんだ」と呆れ顔だ。

「へー。そうなんだ。けど、オリンピックなんて一瞬の出来事だろう？　仮に、極楽町の商店街を再開発したとして、元なんか取れるのかよ？　流行のショッピングモールでも建てたところで、こんな下町情緒溢れる極楽町によそから客が集まるのか？　先祖代々ここでしのぎを上げてる俺たちから見たって、稼げる土地とは思えねぇけどな」

バブル時代を知らない吉崇からすれば、これこそ「何を言ってるんだ」という話だった。

戦後の東京オリンピックならいざ知らず、現代の開催にあれほどの効果はないだろう。経済効果はあるだろうが、それ以前に予算費用のほうが心配だ。

そんな世情背景の中で、勝手に目をつけられても困るというものだ。

「ヤクザのほうが至極真っ当な意見だな」

「ですね」

これには玉吹と組合長も頷くばかりだ。

しかも、吉崇が「ん？」と首を傾げると、玉吹は薄ら笑いを浮かべる。

「聞いて驚け、吉崇。一度は不動産屋の話に乗ったふりをして聞き出した向こうの再開発計画の内容は、なんと！　この極楽町商店街が二十一世紀の吉原遊郭、その名も極楽遊郭になるそうだ。そしてその後は、カジノ解禁を視野に入れた賭博場の導入も踏まえての歓楽街への拡大化。歌舞《かぶ》伎町《きちょう》や池袋《いけぶくろ》界隈とは違ったカラーを全面に押し出し、海外からの観光客をターゲットにした和テイストで酒池肉林な極楽町に作り替えて、長々稼いでいこうって話らしいぞ」

「極楽遊郭？　なんだそりゃ――、あちっ！　うわっ、着物が」

驚くのレベルを軽く超えた話に、吉章が誤って煙草を膝の上に落とした。

吉崇もこれにはビックリ、目を丸くしている。

「もしかして、オリンピックを観に来た外国人観光客をターゲットにして、エロ大国・日本《にほん》を世界中に広めようっていうのか？　しかも、その後が歓楽街拡大化ってことは、丸ごと風俗街にしようっていう計画だよな？　極楽遊郭どころか極楽ソープ・カジノ街じゃねぇか」

だが、静生はこんなときでもポーカーフェイスで話に加わった。

「いや、でも。いくらなんでも、それは無茶でしょう。仮に、本当にやったとして、店員を遊女仕立てにするなら、半分が宿泊付きの超高級ソープ。半分が浴衣で接客のお手軽ソープにでもしなければ、回転率が悪すぎます。簡易着物でも、ア～レ～クルクルの二時間コースとか、まず無理です。脱いだあとに、髪結いから着付けまでをやり直すのも時間のロスだし、専用の美容師もいる。アイデアは奇抜だが、採算度外視としか思えない。だったら既存のソープ店か出張系で期間限定イベントにしたほうが、まだ採算が取れるってもんだ」

それを耳にし、今度は栄がただただ感心してしまう。

「さすが、静生兄貴。俺が、ア～レ～クルクルしか思いつかないうちに、営業利益とお客の回転率の計算までしてるなんて」

「あーれーくるくる？　ハーレーダビッドソンの新車ですか？」

穂純だけが何かを間違えていた。

「姐さんは聞かなくていい話です。この瞬間に忘れてください。はい！　忘れて‼」

「――はい。忘れました。アーレークルットソンのことは」

「それでＯＫです」

本当にこれでいいのかは、誰にもわからない。

だが、栄と穂純が和《なご》んでいるので、この場の者たちは全員よしとした。

しかし、それでも苦笑は続く。

「それにしたってな～」

「〝極楽〟の意味をはき違えおって、けしからん。何が遊郭だ。歓楽街だ。確かにこの町には、いまだ置屋も残っているが、芸者衆はみな立派な芸人だ。三味や踊りを見せているのであって、色を売ってるわけではないぞ。なあ、吉崇！」

馬鹿な話に大島紬《おおしまつむぎ》を焦《こ》がしてしまった吉章の目が、一段と冷ややかなものになる。

「おう。ここは俺がきっちり話をつけに行く。先手必勝で千金楽そのものに掛け合えばいいんだろう？」

吉崇も、ここは任せろとばかりに、勢いよく立ち上がる。

穂純は何やら物々しくなってきたことに、動揺が隠せない。途中で話が脱線したが、商店街や極楽町のために、吉崇が大手の建設会社に立ち向かおうとしていることだけは理解ができるからだ。

（千金楽建設か。無茶ぶりしているのは、下請け相手だけじゃないんだな――!?）

だが、穂純は何か引っかかった。

（あれ？　俺、どうしてそんなこと知ってるんだ？）

「頼もー」

眉をひそめるも、玄関先から声がした。

インターホンがあるというのに、あえて大声で威嚇《いかく》しているようだ。

「なんだ？」

立ったついでとばかりに、吉崇が玄関へ向かう。慌てて栄や静生があとを追う。

穂純も咄嗟《とっさ》についていこうとしたが、そこは吉章に止められた。

「お前はどこでもいいから、隠れていろ。ここは吉崇に任せて、な」

「――はい。お義父様」

優しく諭すも、その目は〝吉崇の足を引っ張るな〟ときつく言いつけていた。

穂純は、訪問者の視界に入らぬよう、場所を移動して様子を窺うことにした。

「お初にお目にかかります。関東連合鬼東《きとう》会系宿城《やどしろ》組傘下、井島《いじま》組の斎藤《さいとう》と申す者ですが、組長さんはご在宅で？」

玄関先に現れたのは、見るからに昭和《しょうわ》の任俠映画に出てきそうなチンピラ風の初老男だった。開衿柄シャツに白スーツの組み合わせが、平成《へいせい》の世にはかなり痛い。背後に従えている子分ら三名も、柄シャツとスラックスという姿だ。

これには吉崇や静生たちもポカンとしてしまう。相手がそれらしい仁義を切るも、時代を遡《さかのぼ》るばかりで、平成生まれの栄などまったくついていけないでいる。

「え？　どこの島の斎藤さんですか？」

「栄。何か抜けてるぞ」

何かどころか、そうとう抜けている。

しかも、栄としてはこっそり聞いたつもりだったが、全部相手に筒抜けだ。

「だから！　鬼東会系、宿城組傘下、井島組の斎藤だが、極楽院組の組長さんはご在宅でっつってんだろう！」

カチンときたのか、男が声を荒らげる。

それを受けて吉崇が一歩前へ出た。

「俺ならさっきからここにいるぞ」

「あん？」

「極楽院吉崇。極楽院組十三代目組長だ。以後よろしく」

「ああ……。よろしくお願いしやす」

どうやら相手は吉崇の若さに驚いたようだ。

だが、その驚きはすぐに年下とわかる吉崇への軽視へと変わった。斎藤がニヤリと笑う。

「で、何の用だ」

「実は、折り入って話があるんでさ」

何の話だと聞きたいところだが、このタイミングだ。十中八九地上げに絡んでいる気がして、吉崇は静生たちと目配せをした。

「なら、上がれ」

応接間には、新たな席が設けられた。

玉吹と組合長は、穂純と共に襖一枚で仕切られた、隣の部屋に待機した。


「――は？　悪いがもう一度言ってくれるか？」

吉崇が呆れた顔で問い返したのは、話が始まり十分も経たないうちだった。

「ですから。極楽遊郭完成の暁《あかつき》には、管理の一切を任せます。なので、商店街の立ち退きに協力してくれませんか？　極楽院組さんにとっても、悪い話じゃねぇでしょう。俺らは立ち退きさえできればそれでいい。そっちも今よりしのぎが増えて――っ!!」

吉崇は立ち上がると同時に斎藤の襟を掴み、力任せに引き寄せる。

「てめぇ。どの面下げて言ってやがんだ」

「うっ……っ」

一瞬にして顔つきを変えた吉崇に、斎藤は襟をギリギリと締められる。

「兄貴っ――!?」

子分たちが立ち上がろうとするも、そこは栄や文太、静生に阻《はば》まれ動けない。

「そもそもこの極楽町は、江戸時代からこの極楽院一家が守り預かってきた、先祖代々の縄張りだ。昨日今日、裏街道に迷い込んできたようなチンピラ風情が、何寝ぼけたこと言ってやがんだ。だいたい、十三代目組長に対して、どういう口の利き方をしてんだよ。頭《ず》が高けぇよ！」

吉崇は、そのまま容赦なく襟を締め上げ、斎藤の身体を揺すった。

しかし、斎藤もただやられてはいなかった。力任せに吉崇の腕を掴み返した。

「なっ、何が江戸時代だ。こんなチンケな弱小一家。本当なら、商店街もろとも蹴散らしてやってもいいところを、わざわざ同業のよしみで顔立ててやってんだぞ！　あ!?」

吉崇はニヤリと笑って、斎藤を突き放す。

「上等だ。だったらテメェみたいな下っ端が来ねえで、鬼東会の頭が話をつけに来やがれ。宿城でも井島でも許さねぇ。この俺に直接話をしていいのは、鬼東会総長・鬼屋敷十蔵《おにやしきじゆうぞう》だけだ！」

お前では話にならんと、自ら相手を指名した。

だが、名指しにされた相手が大物すぎて、斎藤は動揺をあらわにした。

「何、馬鹿なことを。今や関東連合の四天王と呼ばれる鬼屋敷総長が、わざわざこんなところへ来るはずがねえだろう！」

「そうか？　テメェんところの一族の墓を全部ぶっ壊して、先祖の骨を夢の島にばらまくぞって言や、取るものも取らずにすっ飛んでくるぞ。鬼屋敷の家は代々先祖供養を欠かさねぇ、昔ながらの義理堅い一家だからな」

吉崇の傍には、坊主頭の吉章がどっかりと構えて、頷いてみせる。

斎藤の動揺は、見る間に困惑へと変わっていく。

「何？」

「ヤバそうな雰囲気ですよ、兄貴」

「そう言われたら、この家の表に寺があったじゃないですか。極楽院寺とかっていう」

「なんだと？」

そんな馬鹿な、まさかと斎藤が顔を強ばらせていく。

「そう。そのまさかだ。うちと寺は表裏一体。むしろ、寺の中にうちがあるって感じかな～」

トドメを刺した吉崇の軽い口調が、かえって斎藤を威嚇し脅かした。

「わかったか。しのぎだ上納金だと足掻いてるテメェらと違って、こちとら鬼屋敷からお布施をたんまりもらって、先祖供養してんだよ。ヤクザの立ち位置なんか関係ねぇんだ。それにもかかわらず、テメェらは住職の息子でもある俺に喧嘩を売った。この落とし前、どうつけてくれんだ。あ？」

「しっ、知らなかったんだ！　そんなこと誰からも教えられなかったし‼」

「だったら今から正しい情報を持ち帰って、テメェんところの組長なり、地上げの依頼元と相談するんだな。でもって、今日、明日中には〝こんなド阿呆《あほう》な再開発計画は今後一切極楽町内には持ち込みません。お騒がせしてすみませんでした〟って念書と詫び状を作って持ってこい」

「ひぃっ！」

改めて怒鳴りつけられた斎藤たちが、完全にビビった。

引き攣った顔を、栄がスマートフォンで写真に撮る。これで顔も押さえられた。

脅しのつもりで名乗った名前が、自身と組の首を絞めることになり、斎藤は蒼白だ。

「いいか。バックれやがったら、鬼東会先代総長の骨壺を掘り出して、鬼屋敷の本宅へぶちまけに行くぞ。そんときは、お前らからどこのあたりの兄弟分までリアルな白骨になるのかを、よーく考えて行動しろよ」

「わっ、わかりました！　どうも、すみませんでしたっ!!」

慌てて部屋を出ようとしたがために、斎藤は穂純たちが待機していた襖を開けた。

「あっ!!」

突然のことに驚いた穂純が転倒し、斎藤はますます額に脂汗が浮かんでくる。

「穂純！」

「すっ、すんませ――っ!?」

尻餅をついた穂純に手を貸そうとしたが、その顔を見るなり目を見開いた。

「？」

ジッと見てきた斎藤に、穂純も何かを感じて吉崇に縋りつく。

「え、ほ……っ」

「兄貴！　こっちです」

「さ、早く!!」

穂純に向かって話しかけようとしたが、斎藤は子分たちに腕を引かれて出ていった。

一応の見送りは静生たちがしに行き、その場に残った吉崇は怯える穂純を抱きしめる。

「大丈夫か？　穂純」

「吉崇さん」

「大きな声を出したり、怒鳴ったりしてごめんな。怖かったか？　けど、こういうはったりも時には必要な商売だからよ」

斎藤たちさえいなくなれば、吉崇はいつもの調子だ。穂純が知る、優しくて明るい笑みが似合う、最高の夫だ。

それでも、これまでに聞いたこともない脅し内容だっただけに、穂純は不安げに問いかける。

「はったり？　じゃあ、お墓は？」

「ちょっと脅かしただけだよ。いくらなんでも、そんな不謹慎なことしねぇよ。眠ってる仏さんに罪はねぇし、そもそも死者に追い打ちかけるなんざ、男の恥だ」

「――よかった」

穂純は吉崇に抱きしめてもらい、頭を撫でられてホッとする。

だが、これで吉章や玉吹たちまで安堵できるかといえば、そうではなくて――。

「それにしても、思いがけないところが出てきたな。まさか鬼東会が千金楽の金で動くとは」

よほど緊張していたのか、玉吹が珍しく大きな溜息をつく。それだけ鬼東会が一般人にも名の通った組織だということだ。

「動いたのは、鬼屋敷家がうちの檀家だって知らないような、ぺーぺーの組だろう。宿城組の傘下とは言っていたが、下手したら井島組長より上は、極楽企画なんか知らないんじゃないか？」

「確かにな。宿城組長や大姐さんなら、何度もうちに墓参りに来てる。なにせ、大姐さんの実家は鬼屋敷だ。鬼屋敷十蔵も一目置く、名の知れた女極道の叔母様ってやつだからな」

吉崇と吉章は、警戒心を解いていなかった。決定的な切り札は持っていても、油断大敵は世の常だ。それを二人が忘れることはない。

ただ、それを表に出せば、玉吹や組合長の不安が増す。当然、落ち着かせたばかりの穂純の不安も、煽ることになる。なので、あえて吉崇は軽く言い放っていた。

「ま、どんなにヤクザだ極道だと言ったところで、さすがに先祖代々の墓を風俗街で囲いたくはないだろう。それに、これで〝寺のほうを移転しろ〟なんて言い出した日には、他の組とも争うことになるだろうしな、親父」

そして、吉章もそれに乗った。

「うむ。なんせ、うちの敷地の半分は関東極道の墓だ。死んだら極楽院寺で会おうが、昔っから漢《おとこ》たちの合い言葉だからな～。わっはっはっはー」

気遣いはともかく、話自体はそれもどうかという内容だったが――。

＊＊＊

一方、極楽院組から逃げるようにして帰った斎藤は、その日のうちに関東連合鬼東会系宿城組・組屋敷を訪れていた。

斎藤が自身所属の組長である井島に泣きつき、そして井島が今回の立ち退き話を依頼してきた宿城組の中堅・戸郷《とごう》という男に泣きついたからだ。

「なんだと？　千金楽建設に依頼された商店街の立ち退きを地元の組にやらせようとしたら、逆に鬼屋敷家の墓と遺骨を盾に取られて脅された⁉　念書と詫び状を持ってこいだと⁉」

「はい！　すみません。まさか、鬼東会ご本家の菩提寺一家が極楽町に、ターゲットになっていた商店街の目と鼻の先にあっただなんて、知らなかったもので」

「知らなかったですむ話か！　こんなことが鬼屋敷総長に――。うちの組長や大姐さんに知れたら、どうなるのかわかってんのか！」

「すみませんっ！」

こんな事態は想定外だった。戸郷は、そうでなくとも痩身で青白く、ヒステリックな顔つきをいっそうピリピリとさせている。

かけていた銀縁眼鏡のフレームを弄り、早急の対策を考えるも思いつかず。クッと唇を噛むと、眼鏡を摑んで縁側から、庭先にいた井島たちに向けて投げつけた。

「おのれは――。せめて指の一本、腕の一本も落としてから、泣きつけや‼　何をしたのか、わかってんのか、おらっ！」

「ひっっっっ！」

「待て待て、戸郷。そう言うお前は、菩提寺の件を知ってて千金楽の件を井島に任せたのか？　極楽院寺一家の縄張りである極楽町に手を出させたのか⁉　組に喧嘩まで売ったのか⁉」

騒ぎを聞きつけたのか、奥から幹部が現れた。

「蜂村《はちむら》の兄貴」

蜂村は大柄で恰幅のよい四十前の男で、見るからに威厳がある。斎藤など名前を聞いただけで、完全に萎縮だ。

「答えろ、戸郷。お前は知ってて兄貴分であるこの俺に、宿城組若頭である蜂村の顔に泥塗ったのか」

「す、すみませんっ‼　まったく知りませんでした。何も調べずに、千金楽からの依頼を井島に丸投げしました。菩提寺の件も勉強不足で――、本当に申し訳ありません！」

戸郷が謝罪と共に、縁側から庭に飛び下り、土下座に及んだ。

それを見た井島たちも悲鳴を飲み込み、いっせいに地べたに額をこすりつけた。

こうなると、ぺーぺーの斎藤などいてもいなくても変わりがない状態だ。

しかし、これを見た蜂村は「しょうがねぇな」と呟《つぶや》く。

「世の中舐《な》めてかかると、こういう目に遭うってこった。俺を含めてな」

「兄貴……」

「とはいえ、もうやらかしちまったあとだ。こっちにできることは、誠意をもって詫びるしかねぇ。あそこにだけは、恨まれるわけにいかねぇんだ。んなことになったら、鬼屋敷の本家どころか、関東極道の半分を敵にする。そうとは見えなくても、地雷中の地雷なんだよ。極楽院寺ってところは」

「――地雷」

蜂村はその場にしゃがみ込むと、戸郷相手に力いっぱい苦笑をしてみせる。

日頃から大げさな表現をしたり、変な見栄は張らない男の言葉だけに、戸郷も重く受け止めている。

「そう。俺も昔、先代の付き添いとして、一度だけ行ったことがある。特に名のある寺ってわけでもねぇし、なんだここは――って、内心小馬鹿にしたもんさ。けど、中はキンキラキンで最先端設備が整った、小さいながらも絢爛豪華《けんらんごうか》な寺だった。よほど檀家が金持ちばかりなのかと思ったら、そうじゃねぇ。敷地内の半分が関東連合に名を連ねた総長、会長、組長たちの墓だった」

「――半分が、ですか」

「おう。なんでも江戸時代に名を馳《は》せたヤクザの大親分が、死んでいった舎弟たちや無縁仏を葬るために、出家して建てた寺だそうだ。で、そんな住職親分に惚れ込んだ同胞が一人、また一人と死んだのちに集うようになったのが代々続いたのが、今の極楽院寺だ。そのため、近年旗揚げしたような組頭が金を積んだところで、入るに入れねぇ。それこそ檀家連中が認めた漢のみが眠ることを許される、狭き門のお寺様だ」

どんなものや場所にも、人知れぬ歴史はあるものだ。それが寺となったら、確かに脈々と受け継ぐものがあっても不思議はない。

だが、それにしたって、極道の聖地は異例中の異例だろう。蜂村が〝地雷〟と言うのも無理はない。日頃表立って出てくる話ではないし、そもそも極楽院寺の檀家に入っているクラスの大親分同士でしか、話題にも上らないような内容だ。

「――ようは、一般的にどうか知りませんが、俺らヤクザにとっては、想像がつかないぐらい格の高い相手に、喧嘩を売っちまったってことですね」

話を聞き終えた戸郷が、躊躇いがちに目線を上げた。

この時点で、蜂村は利き手で腹のあたりを擦っていた。

「そうだな。もっと早くに聞いてりゃ、そんな物騒な仕事は断らせたのによ。どんなにギャラがよくても、漢として請け負えねぇ仕事はあるからな」

「やっぱり聖地が極楽遊郭に囲まれるのは、マズいですもんね」

「墓の下に眠っているのは、男ばかりじゃねぇ。俺が知ってるだけでも、昭和の時代を裏の世界から作ったであろう大姐さんたちが、何人眠っていらっしゃることか」

「――ですよね」

二人が二人して、そうとうな顔ぶれを思い出したのか、若干声が震えていた。

表立って名を上げ、世間からも恐れられている漢は多いが、意外に恐妻家なのもまた事実だ。

中には生まれも育ちも極道という女もいるし、陰から夫を支えるのが女なら、操るのもまた女。

それが極道の妻たちなのだ。

「とにかく。千金楽と極楽院組に関しての責任は、俺が取る。鬼屋敷総長のほうにも、極楽院から話が回る前に、こちらから報告する。多少は組長や大姐さんの顔を潰すことになるが、小火《ぼや》は小火のうちに消すに限るからな」

話が明確になったところで、蜂村が立ち上がった。

そうとうな覚悟で腹を括ったことが、戸郷たちにも伝わってくる。

「しかし、兄貴！」

「テメェらは間違っても、おかしなことはするなよ。余計にややこしくなる。だいたい向こうは、その場でご本家に連絡を入れることだってできたんだ。喧嘩を売られた怒り任せに、お前のところはどんな躾《しつけ》をしてるんだ、今すぐこの失礼な奴らを引き取りに来いって言えたんだ。しかし、それをしなかったのは、仏心なり温情だ。電話一本で何人の首が飛ぶのか、わかっているからこそ、解決案とそれに必要な時間をこっちによこしたんだろう。まあ、念書と詫び状を誰が持ってくるか、けじめを取るのかってところで、こっちの誠意は計られるだろうがな」

事態が事態だけに、蜂村は宿城組のナンバーツーである自分がけじめをつけると宣言した。

直接ヘマをした井島や斎藤に責任を問うこともなく、また指示を出した戸郷にすべての罪を被せるでもなく、一歩として逃げることはしなかった。

「寺に喧嘩を売るなんざ――。墓穴を掘るとは、まさにこのことだな」

「兄貴っ」

い状況だ。

自分の腕一つでここまで上り詰めてきた蜂村だけに、戸郷たちも後悔の二文字ではすまされな
いつでも逝く覚悟はしていたが、それにしても泣くに泣けない内容だ。

上にも下にも守るべき者がいる。

「蜂村さん！」


「あのっ、蜂村の兄貴」

ただ、そんな中だが、意を決した井島が声を発した。

「もういい。お前ら末端の下っ端が両手両足落としたところで、本家へのけじめにはならねぇ。

むしろ、五体満足な身体で、俺の骨を拾え」

「申し訳ありません！　しかし、これだけは――。また別の話なんですが……」

「別？　ちょっと待て、まだ何かしてやがったのか⁉　まさかもう、墓石の一つも蹴っちまって
とか言うんじゃねぇだろうな⁉」

これには蜂村も血相を変えた。自ら庭先に飛び下りて、井島の胸ぐらを摑んだ。

「そうでなくて……。その、本当にこんなときにとは思うんですが、穂純ちゃんが極楽院家にい
たそうで」

「な、穂純が⁉」

話を聞いた途端、蜂村の表情が一変した。

「はい。それも、極楽院組の姐として。極楽院吉崇の嫁として。そうだな、斎藤」

「はい！　確かにいました。あれは、穂純ちゃんに間違いありません。向こうも俺を見て、なんかヤベって顔してましたし」

井島を放すと同時に、今度は斎藤の胸ぐらを摑んだ。

「――っ、どういうことだ、それは」

「今、調べさせてます。俺にも、何が何だかさっぱりだったので」

懸命に説明する斎藤を放すと、蜂村は太くて凜々しい眉をひそめる。

「わかった。早急に頼む。それにしても、穂純が極楽院に――」

やり場のない気持ちばかりが渦巻き、蜂村が額に手をやった。

「おい。そこで何してるんだ」

「組長っ！」

慌てて蜂村が姿勢を正した。

声をかけてきたのは宿城乗兒《やどしろじょうじ》。宿城組の現組長で、三十になったばかりの若長だが、長身でイケメンで伊達《だて》眼鏡が似合う今が盛りの色男だ。

鬼東会内はおろか、関東連合でも一際目立つ存在で、浮き名を流すこともしばしばだが、いまだこれと決まった伴侶はいない。蜂村や戸郷にとっては、それこそ命を懸けて仕えている我が殿だ。

「お帰りなさいませ!!」

「お出迎えもせずに、申し訳ございませんでした」

戸郷たちも姿勢を正すと、直角に身体を折って挨拶をした。

「そんなことはいい。それよりどうした、蜂村。何かあったのか？」

「――はい。傘下の組で少々いざこざが」

嘘はついてもバレる相手だった。蜂村は問題があったことだけは、正直に伝えた。

「どこだ？」

宿城の眼光が蜂村を射貫く。

「井島組です。戸郷が目をかけ、私も見知った連中でしたので、解決は私自身が。組長はどうかご安心を」

「そうか。ならいいが――。どんなに末端とは言え、宿城組の傘下内で起こったことに関しての責任者は俺だ。鬼東会本家に面倒が及ぶようになってからでは遅い。テメェじゃ負えなくなる前に、必ず俺に持ってこいよ」

中堅の戸郷ではなく、若頭の蜂村が直接解決に当たると言ったところで、宿城もそれなりの問題だと理解したようだ。

だが、戸郷たちの手前、蜂村の男は立てた。その上で、親としての釘を刺すのも忘れない。

「間違っても俺を、舎弟の命の上にふんぞり返っているだけの、使えねぇ長にはしてくれるなよ」

「――はい」

そうは言っても、情に満ちた忠告だ。

これだから蜂村も自分のところで食い止めようと、迷うことなく腹が括れるのだ。

そして、それはこのやりとりを見ていた戸郷にも言えることで。井島や斎藤に至っては、自身の失態に悔いても悔い切れない心情だ。顔を伏せて、男泣きするしかない。

「それより、組長。ご本家からのお話とは？」

だが、蜂村たちの緊張は続いていた。宿城が留守にしていたのは、鬼屋敷総長本家に呼ばれていたからだ。

いつもどおりの調子で帰宅し、こんな話をしているところを見る限り、極楽院から直接何か連絡が行った様子はないが――。

すると、宿城がスーツのポケットから名刺の束を出してきた。

「仁蔵《にぞう》叔父貴の、いつものやつだったよ。食事会と言いつつ集団見合い。関東連合のお偉いさんの子供だの孫だの集めて、とんでもねぇ合コンだ。本人悪気もないし、世話焼きなのはわかるが、こっちにしたらいい迷惑だ。あれこそ小さな親切大きなお世話の典型だな。帰り際、総長にガチで謝られちまったよ」

ヤクザな合コンで渡された名刺は、どうやらすべて女性からのものだった。

今や関東連合の四天王の一人が鬼屋敷十蔵ならば、その従兄弟にして鬼東会傘下内でも三本の指に入る大派閥の組長・宿城乗兒は、極道会の最優良物件だ。この肩書の上に、文句のつけようもないルックスまで持ち合わせているのだから、モテないわけがない。

「一人ぐらいお好みの方はいなかったんで？」

「いるわけないでしょう。自分の出生、立場を棚に上げて、初《うぶ》な素人《しろうと》が大好きなんだから。何が、結婚するなら箱入り、清純、処女は不可欠よ。今時、そんなの本気で探して捕まえた日には、性犯罪者だっていうの。本当、三十にもなった男が——。はぁっ」

ただし、どんな世界の優良物件にも、よほどの事情がなければついて回るものがある。両親の存在だ。当家では舅が他界しているので、大姐たる姑一人だが、これが曲者だ。

「大姐さん！」

「そう思わない？　蜂村」

「——えっ。それは、その。理想と現実は別問題で、純粋無垢は野郎の見果てぬ夢の一つみたいなもんで……」

「そっ、そうですよ。逆を言えば、俺みたいに経験豊富な熟女好きも山ほどいますしね」

蜂村と戸郷が、必死で宿城をフォローした。

「はんっ。馬鹿みたい」

宿城家においての姑候補・紫麻《しま》は、行きがかりの極妻——惚れた男が鬼だったというパターンの元一般人ではない。鬼東会本家・鬼屋敷家唯一の姫として生まれた、由緒正しい極道女だ。

そんな女を妻に迎えて組を旗揚げしたのだから、宿城の今は亡き父も漢の中の漢だった。

ただ、両親揃って極道だったことがよし悪しだったのか、宿城は漢としては立派だが、恋に関してはいまだ夢見がちだ。

遊び相手には不自由していないが、本命にしたい可憐な一般人への憧れがいまだ根強く、山ほどあった結婚のチャンスをすべて逃す原因になっている。

「まあまあ、そう言わず」

蜂村は、自分もどちらかと言えばも好みが宿城寄りなので、ここは大いに味方した。

「本当。こんな調子で、私の跡を継げる嫁が来るのかどうか」

そこはむしろ、大姐さん次第のような気も――とは、口が裂けても言えないが。

どんなに宿城に惚れている女がいたとしても、志摩の跡を継いで当家の姐になるのは、そうとうな神経かつ、肝っ玉の持ち主でなければ難しいだろう。

これればかりは、宿城どころか蜂村たちさえ苦笑いだ。

「まあ、なんにしても、蜂村。この馬鹿を盛り立ててやれるのは、あんたたちしかいないんだから、よろしく頼むわよ」

それでも組長の母として、大姐としての言葉は常に重く、情に満ちていた。

「――はい。命に替えても」

蜂村は一礼しながらも、今一度腹を括った。

自ら極楽院家へ出向くための準備に当たり、そして翌日に出向くための電話を入れた。

4

蜂村が極楽院家を訪ねてきたのは、翌日の昼過ぎのことだった。

「さ、穂純姐さん。おやっさんと一緒に本堂のほうにいてくださいね」

「でも、栄さん」

「組長の命令です。従っていただきます」

「――はい」

穂純は顔を合わさないように、母屋からは離れた本堂に待機となった。

「いらっしゃいませ。お待ちしておりました」

「このたびは、うちのもんが、ご面倒をおかけしましまして――」

玄関先に現れたのは蜂村と戸郷の二人だった。

井島と斎藤、その他の付き添いは、門の外で待機だ。

何があっても決して飛び込んでくるな。これ以上俺に、宿城組に恥をかかせるなと、きつく言い渡されている。

「えっと……。鬼瓦熊三《おにがわらくまぞう》？」

吉崇の目から見た蜂村は、秋田へ出向いたら確実にマタギに誤発砲されそうな男だった。

しかし、失敗したのは、思ったことがそのまま声になったことだ。これには静生も「組長！」と慌てる。

「誰が鬼瓦だ、俺は蜂村竜三《りゆうぞう》だ。舐めとんのか、このガキャ！」

「あ、すまん！　つい、見たまんま言っちまった」

「兄貴っ、抑えて！　謝罪ですよ。俺たち、謝罪に来たんですから！　それに男の価値は心意気ですよ!!」

「――っ」

正直すぎる吉祟にキレかかるも、蜂村は戸郷に諫《いさ》められてグッと堪えた。

だが、名が体を表すことがなく、蜂村自身は見るからに鬼瓦のような顔立ちに熊三《くまさん》そのものな体型の持ち主だ。「イケメンに生まれたお前に俺の気持ちがわかるか！」と叫びたいところだが、こればかりは仕方がない。

「うちの極楽院が失礼いたしました。まずは、上がってください。話は奥で伺いますので」

「お邪魔します」

静生と戸郷のフォローでその場を治めて、面々は接客用の広間へ向かった。

そして、本日は吉祟と静生で蜂村と戸郷に対面、文太は吉祟の背後に控えている。

「昨日はうちのもんが大変失礼をした。関東連合鬼東会系宿城組若頭・蜂村竜三だ。改めて、極楽院組の組長に話をしに来た。どうか、お見知りおきを――」

卓上とはいえ、両手をついて頭を下げた蜂村は、吉祟や静生でも一度は耳にしたことのある一騎当千の腕っ節に、実際千の兵士を持つ大組織の幹部だった。

それこそ三十人そこそこの弱小組の極楽院など、宿城組からすれば末端に位置する井島組レベルだ。その蜂村が自ら出向いて謝罪となれば、そうとうなものだ。

このことに対しては、吉祟も十分理解している。

「俺が極楽院組十三代目組長、極楽院吉祟だ。ご足労、感謝する。ただ、極楽町商店街の地上げに関することだったら、話すことは何もない。こちらの要求は昨日も伝えたとおり、念書と詫び状の二通のみだ」

「それは承知している。菩提寺の件を知らなかったとは言え、本当に失礼なことをした。全面的にこちらが悪かった。申し訳ない」

蜂村も謝罪、和解目的とあって、礼を尽くしてきた。

「戸郷」

「はい」

持参してきた念書と詫び状が、戸郷がスーツの懐から卓上に出される。

その上で、このたびの詫び料とも示談金とも取れる無記入の小切手が添えられた。金額を決めてこないのは、蜂村側からの誠意の証だ。

「言われたとおり、我が宿城組としてはこの地上げには一切かかわらないという念書および、詫び状を持ってきた。――ただ、今後の千金楽建設の行動や企画そのものまでは、俺たちがどうこうできるもんじゃない。こればかりは、わけあってうちでは協力できなくなったと、断りを入れて納得させるので精一杯だった。もっとも、この先どこの組に地上げを頼んだところで、関東内に受ける馬鹿はいないとは思うがな」

「――それは、どうも」

吉祟は念書と詫び状だけを手に取り、静生に確認を任せた。

「確かに」

了解が出ると、無記名の小切手に関しては、何も言わずに差し返す。

だが、それを見た蜂村が、自身の懐からさらしに巻かれた短刀を取り出した。

「っ！」

一瞬、文太と静生が主を庇って身を乗り出す。

しかし、蜂村は「そうではない」と言って、卓上でさらしを開いた。

隣では戸郷もまた、蜂村に倣い、さらしに巻かれた短刀を腰のあたりから取り出して前へ置く。

それを見ると、蜂村は溜息を堪えて、再度吉祟に向かって頭を下げる。

「戸郷も詫びる気は満々だが、今回の騒ぎの責任は俺が一人で取りたい」

「兄貴！」

「黙ってろ。これ以上恥をかかすんじゃねぇ」

「――っ」

この場であれば、自分も一緒にけじめをつけられると思ったのだろうか、戸郷の短刀は蜂村に奪われた。

戸郷は唯一の望みを絶たれて、顔を伏せる。肩から腕、そして膝上に置かれた握り拳までが、はっきりと震えている。

蜂村は、それを見て見ぬふりで、一刀を手にして鞘から抜いた。

静生たちは固唾を呑むも、吉崇は微動だにしない。

「うちの宿城は何も知らない。俺が千金楽から話を持ち込まれて、それを下に任せた。それが、今回の騒ぎの結果だ。逃げも隠れもしねぇし、できるだけのことはする。なので、後生だ。どうかここは俺のけじめだけで納めてほしい」

蜂村は短刀を手にして、さらしの上に置いた自身の左手の薬指に差し向ける。

すでに小指の先は落ちていた。これまでにも似たような理由、下の者の尻拭いでけじめをとってきたのだろう。が、さすがにこれ以上は見ていられない。

吉崇が手を出した。蜂村の左手の上に、自身の右手を被せる。

「やめろって。誰がそんなことを要求した」

「漢のけじめだ」

引くに引けない。だが、蜂村の立場で、吉崇の手を払うこともできない。

それがわかるだけに、戸郷も奥歯を嚙みしめる。

だが、蜂村の心情も立場も察した上で、吉祟はヤクザとしてのけじめはきっぱりと断った。

「知るかよ。ここはヤクザの一家だが、寺でもあるんだ。血生臭い殺生なんかしねぇよ。それこそ、安眠している仏さんたちを起こしかねねぇ。血の気の多い奴ばっかり眠ってんだから、そこはあんたも考慮しろよ」

「……っ」

「仮に、それじゃあ、けじめがつけられねぇ。漢としての立場もねぇ。鬼屋敷や宿城に顔向けできねぇ、下にも示しがつかねぇっていうなら、返した小切手に金額を入れて、寺のほうへ持っていけ。お布施としてなら親父も受け取るし、経ぐらいは読む。気分が乗れば、取ってつけたような説法ぐらいサービスするだろう」

表情を変えることもなく、淡々と代案を提示した。

「それで、あんたは鬼屋敷の墓に線香でも立てて、お騒がせしましたって謝っとけ。うちは、馬鹿な地上げ話がご破算になればいいだけだ。極楽遊郭なんて阿呆な企画がぶっ潰れてくれたら、言うことないだけだからな。ほら、わかったら刃物を引っ込めろ。これ以上は時間の無駄だ」

蜂村は手にした短刀を鞘に戻し、再三頭を下げるしか手立てがなかった。

たとえ流儀に反していようが、吉祟が望んでいないけじめをつけて、詫びた気になるのは傲慢だ。自己満足で終わってしまうし、それでは本末転倒だ。

「――申し訳ない」

「いや、いいって。あんたの立場も男気《おとこぎ》もしっかり見せてもらった。俺たちにとっては、これ以上のけじめはない。金では買えない価値のあるものだからな」

「……っ」

「あ、ただし一度のお布施の上限は百万円な。これは寺の決まりで、檀家にも言いつけてることだから守ってくれ。そうでねぇと、馬鹿みたいな金額積んで、酒の席で張り合う輩《やから》が出る。しかも、そのとばっちりがうちに来る。奴の先祖だけ贔屓《ひいき》するのかとか、こっちの待遇をもっとよくしろとか、馬鹿っぽいし面倒だからな」

しかも、最後は金額の指定までされてしまい、蜂村は自嘲の笑みが浮かびそうになるのをぐっと堪えた。

せめてと思い、自主的に九桁は書き込むつもりでいたのが、こう言われたら七桁止まりにするしかない。墓参りの線香代としては高いかもしれないが、詫び料としては雀《すずめ》の涙だ。

蜂村にとって吉崇は、何から何まで男泣かせな存在だ。

「なら、早速本堂へ案内してもらえるか」

「――ああ」

それでも蜂村は、言われた金額の小切手をその場で用意した。

そして、本堂で待ち構えていた吉章にお布施として差し出し、改めて謝罪もした。

その後は本当に、お経と取ってつけただけの説法を聞き、戸郷や井島たちを従えて墓参りもする。すべて、吉祟が望んだとおりの落としどころで、争いを治める。

これには穂純も栄たち共々様子を見ていてホッとした。蜂村たちの墓参りが終わったあとのお茶出しぐらいは——と、いそいそ用意もし始めた。

ただ、蜂村のみが本堂に戻り、吉祟や静生たちといったん腰を落ち着けたときだ。

「ところで、組長。改めてしたい話があるんだが」

「ん？」

「ここで世話になっている、穂純のことだ」

「穂純？」

突然のことに、静生たちがざわめいた。

吉祟はあまりに堂々と名前を出されて、呆気にとられる。

「先日斎藤が顔を合わせて、驚いて報告してきた。悪いが早急に裏も取らせてもらった。いきなりこんなことを言っても……とは思うが、あいつは夏から行方不明になっていた俺のイロ《情婦》だ。俺の大事な宝だ。返してほしい」

本日何度目になるだろうか、ここでも蜂村は頭を下げた。大きな身体を二つに折り、吉祟に向かって懇願もした。

「イロ⁉」

「宝？」

「穂純姐さんが……、宿城組若頭の？」

誰もが動揺を隠せない中、ガシャンと響き渡る音がした。

いっせいに振り返ると、穂純が驚くあまり、持ってきた菓子箱を落としている。

「――俺が？」

穂純の姿を見るなり、蜂村が駆け寄った。

「そうだ。穂純、お前の亭主になるのはこの俺だ。極楽院吉崇じゃない」

困惑する穂純の手を取り、必死で訴えた。

「し、知りません！　俺はあなたのことなんて……、知りませんっ」

「知りませんじゃねぇ。覚えていませんだろう」

「――え⁉」

「何らかの事故で、記憶をなくして、ここに引き取られたんだろう？　俺のことがわからなくても不思議はない。そうでなければ事故直後、お前は俺に助けを求めた。真っ先に俺に連絡してきたはずだ」

「……っ」

話の流れに、穂純は呆然とするばかりだった。

すると、蜂村がスーツの懐からスマートフォンを取り出した。

「まあ。いきなり信じろってほうが無理か。そしたら、ほら。こいつを見てくれ。最後にみんなで撮った写真だ。飲み屋でなんだが、婚約祝いの席のものだ」

二人が一緒に写る画像を選び、穂純に見せてくる。

「――っ」

そこには確かに、蜂村と同席している穂純の姿が写っていた。

発見されたときに着ていたような女物の浴衣も着ているし、穂純自身が蜂村の膝の上にちょこんと座って笑っていた。

それを取り囲むようにしている戸郷や井島たちまでにこやかで――。

その様子は、吉崇との結婚祝いをしてもらったときに写した写真を見るようだ。

穂純は息が止まりそうになる。

「ちょっ、俺にも見せろ」

たまりかねた吉崇が、スマートフォンを奪い取った。

一緒に静生や栄たちも覗き込んで確認する。

蜂村は特に腹を立てる様子もなく、吉崇たちの様子を黙って見守った。

「姐さん」

「穂純……」

穂純の自然な笑顔を見る限り、強引に撮られたわけではないことは一目瞭然だった。

合成でもないし、撮られた日付も七月末——記憶をなくした穂純が、川辺で発見された日の前日だ。

「そんな、馬鹿な——。嘘だ」

吉崇が思ったままに口走る。狐に摘まれたような心境とは、まさにこのことだった。

「記憶のある穂純が、ガチなヤクザと一緒にいるなんて、考えられない」

ただ、吉崇が一番引っかかりを覚えたのは、写真の時点では、おそらく穂純に記憶があるということだった。

特別な事情や状況がないところで、一般人にしか見えない穂純がヤクザの幹部である蜂村と知り合う。ましてや恋愛をすることが、吉崇には信じがたかった。

どうしたら二人が出会い、恋に落ちるのか、接点も何も想像がつかない。

すると、困惑する吉崇に向かって、蜂村が説明をし始めた。

「穂純が井島のやってる歌舞伎町の店、売りつきのホストクラブに姿を見せたのは、知り合いに一週間ほどバイトを代わってほしいと頼まれて、それを鵜《う》呑《の》みにしてやってきたからだった。まあ、一日で〝騙されたな〟ってことがわかる状況だ。店の連中だってバカじゃねぇ。普通なら、わかった上で、そのまま働かせるところだ。少なくとも、穂純の知り合いが作った借金分はな」

誰もが納得してしまいそうなほど、穂純ならありえそうな話だった。

「ただ、穂純の真っ白さが店長や従業員だけでなく、常連客まで動かした。ここまで何も知らねぇ子を相手に遊ぶのは忍ばれる。かといって、働いてもらわないことには、貸した金の回収ができねぇ。それで、井島のほうに相談をしてきた。たまたま戸郷や俺も一緒にいたときだったんで、様子を見に行った。まあ、こう言っちゃなんだが、そのときは暇潰し程度の気持ちしかなかった」

違和感もなく、偽《いつわ》りとも思えない。

それだけに、吉崇は奥歯を噛みしめる。

「店に出向いて穂純に会うと、俺は一瞬にして〝こいつだ〟と思った。恥ずかしい話だが、一目惚れだった。だから、店には金やその経緯のことは伏せて、ウエイターの真似事だけさせておけと命じた。俺が借金を肩代わりするのは簡単だったが、それをしたら穂純を買ったことになる。だから、金は諸悪の根元を探してむしり取れと命じて、俺は店の上客として通い始めた。そこで穂純を口説いて口説いて——、告白した」

説明しながら、ふっと蜂村が照れくさそうに笑った。

〝好きだ、穂純。大好きだ〟

〝本当ですか。嬉しい。俺も竜三さんのことが大好きです〟

吉崇の目つきが、話と共に変わっていく。

穂純どころか、身内にも見せたこともないほど、凶悪なものになっていく。

しかしそれは、蜂村も同じことだ。敵意剥き出しで睨まれて、いい顔ばかりはしていない。

「そうして、ようやく思いが通じた矢先のことだ。突然、穂純が店に来なくなった。姿を消した。

必死に捜したが見つからなかった。やはりヤクザな俺では駄目か、無理か、怖くなって逃げたのかもしれないと、一度は諦めた。それが愛する穂純のためだと思ったからだ」

獲物を狙った蛇のような蜂村の目が、一瞬にして吉崇を捕らえる。

「組長。あんたが普通のサラリーマンだの学生だのって一般人なら、穂純の記憶があろうがなかろうが諦める。しかし、極楽院吉崇は俺と同じ極道だ。穂純がそれを承知で受け入れている以上、俺が諦める理由はなくなった」

伊達に一騎当千と言われる蜂村ではない。乗り越えてきた修羅場の数だけなら、吉崇どころか吉章にも勝る男だ。本気で牙を剝くときの威圧感は、その場の空気さえ凍らせるようだ。

「――頼む。穂純は俺の命だ。返してくれ」

それでも蜂村は、吉崇に頭を下げた。

「記憶があろうがなかろうが、お前は俺のものだ。戻ってこい、穂純」

そして縋るような目をして、穂純を見つめた。

とはいえ、何もかもがいきなりでは――と、この場はいったん身を引いた。

後日、また改めて来るとだけ言い残して、外で待っていた舎弟たちを連れて立ち去った。

＊＊＊

地上げ話が片づくも、事態は最悪な状況となった。

「クォン」

不穏な空気を読んでか、忍太郎も犬小屋の前をウロウロしている。

「どうするんですか？　静生兄貴」

「このままだと、穂純姐さんは蜂村んところへ連れていかれちまうんですか？」

栄や文太たちも一室に集い、話の場を設けていた。

「そんなわけねぇだろう。穂純さんはすでに組長の嫁だ。妻だ。俺たちにとってもかけがえのない姐さんなんだぞ」

「けど、それって蜂村たちにとっても同じなんですよね？」

「同じじゃねぇよ！　一緒にすんな」

「兄貴」

静生の表情も切羽詰まっており、これまで見せたことがないほど強ばっている。

「少なくとも向こうは何から何まで極道なヤクザだが、こっちは違う。そもそもの成り立ちも担ってきた役割も違うだろう。だから、穂純さんだって安心した。身を寄せたときには警戒していたが、すぐに心を開いた。うちにヤクザな怖さは感じなかったからだ」

思い余って栄が身を乗り出した。

「そうでしょうか。俺は、あの姐さんだから、逆に蜂村たちみたいなガチガチなヤクザでも惹きつけたり、受け入れちゃう気がします。組長のことにしても、外見で好きになったわけじゃないと思うし。ヤクザに見える見えないとか、関係ない気がするんですよ。姐さんの好きって気持ちに限っては」

誰もがこの意見には賛同した。

「病院で起きたとき、最初に静生兄貴や文太を見てもビビらなかったしな」

「うちでいったら、一番極道な顔ぶれより警官を怖がったぐらいだもんな」

穂純の分け隔てのない性格を知っていれば、おのずとこういう結論になる。

しかし静生は、それにあえて反発する。

「だからなんだっていうんだ！　それでも今回ばかりは、うちがサラリーマン家庭に見えたからで、まかりとおすしかねぇんだよ」

「でも、兄貴」

「それで蜂村に諦めてもらわなけりゃ、組長は宿城組の若頭からイロを寝取ったことになる。穂純姐さんだって、不倫をしたことになる。同じヤクザの土俵には上がれねぇんだよ」

いつになく激しい口論となった。

「けどそれは、記憶がなくて……」

「そんな言い訳の通る奴が、ヤクザを名乗るか！　ヤクザの基準をうちで考えるんじゃねぇ！」

「静生兄貴」

「いいか、お前ら。俺たちが関東連合に睨《にら》まれることなく極道一家を名乗っていられるのは、俺たち自身の力じゃねぇ。寺と住職とそこに眠る仏さんたちのおかげだ。テメェの身体一つで、兵隊一千を抱える宿城組のナンバーツーにまでの上り詰めた蜂村を舐めてるんじゃねぇぞ」

静生の危惧。異常なまでの不安。それらがじわじわと栄たちにも伝わり始める。

「そうでなくても、奴が一本筋の通った男だってことは、お前らだって見てただろう。下手すりゃ、顔も知らねぇぺーぺーのやらかした失態の責任を、自分一人で背負える度量の持ち主だ。上には忠義を、下にも仁義を通せる男だ。俺たちが組長のために死ねるのと同じぐらいの気持ちを持った兵隊が、奴の下にはどれだけいると思う⁉　少なくとも、同席してきた戸郷は指どころか、腹を切る覚悟だった。俺にはそれが痛いほど伝わってきたぞ」

立場が近いからこそ、静生には戸郷の辛さが理解できた。

一つ上を見れば、蜂村もまた同じだろう。

本当ならば、穂純を攫《さら》ってでも取り戻したかっただろうが、そこは個人より組での立場を優先した。これ以上、宿城の顔に泥を塗る真似はできない。男を下げるわけにはいかないという一心から、今日だけは堪えたに過ぎない。

しかし、蜂村の腸《はらわた》は煮えくり返っていたはずだ。そんなことは同じ男だ。ちょっと立場を変えて考えればわかる話だ。

「そりゃ、俺たちには俺たちなりの仁義がある。道理もあれば、極道もある。だが、だからこそ、今回ばかりは見て見ないふりをするしかねぇ。うちは寺です、だからこそ穂純さんは安心して身を寄せたんです。それを貫いて蜂村自身に引いてもらわなけりゃ、穂純さんは不倫妻。組長はご法度の一つを犯した、他組の男のイロを寝取った、男の風上にも置けねぇ男になっちまうんだよ！」

「静生兄貴」

「とにかく、俺はおやっさんと話を合わせて、組長を説得する。組長には申し訳ないが、今回ばかりは年相応の寺の息子で通してもらう。漢は捨ててもらう」

静生の決断に、異を唱える者はいなかった。

これが苦渋の選択だということは、誰より静生自身を見ればわかることだ。

口調は荒いが、その目は真っ赤になっていた。致し方のない理由があるとはいえ、主に向かって「漢を捨ててください」と突きつけなければならないのだ。「一緒に死なせてください」と言うほうが、どれだけ楽かわからない。

仮に、一緒に倒れたところで本望だ。

（――静生さん）

そんな彼らの思い、苦痛を襖越しに聞いてしまった穂純は、自分のことながらどうしていいのかがわからなかった。

幸せな日々が、あまりに呆気なく崩れようとしている。

「クォ〜ン」

彷徨《さまよ》うように庭へ出ると、ウロウロしていた忍太郎が駆け寄ってきた。

「しっ。静かに、忍太郎」

縋るような思いでその場にしゃがんで頭を撫でた。両手を首に回して抱きしめる。

すると、忍太郎の温もりに自然と癒やされ、気持ちが落ち着いた。

それがわずかな作用であっても、穂純にとってはありがたい。まずは自分にできることを考えようという気力ぐらいは芽生えてくる。

「――俺が、俺が記憶をなくしたばかりに……」

だからといって、今更記憶が戻ったところで、何になるんだろうか？

ならばいっそ、ここから出ていったほうがいいのだろうか？

吉祟のもとを離れ、誰の目にもつかないところへ逃げたほうが――と、思い悩んだところで、いきなり肩をポンと叩かれる。

「ひっ！」

小さな悲鳴と共に、尻餅をついた。穂純が驚いて見上げると、吉祟が「ごめん、ごめん」と笑いかけて起こしてくれる。

「吉祟さん」

「クォン」

忍太郎も尻尾を振って、吉崇の足元に身を寄せる。

「蜂村の件は、変に考え込まなくてもいいからな。あんな画像、いくらでも合成できる。あいつの言うことだって、全部が本当かどうかはわからねぇんだから、騙されるなよ」

慰め、励ますための言葉だが、何か吉崇らしくない言い方だった。

吉崇自身が必死で〝違う〟と思い込もうとしているのが伝わり、かえって穂純にとっては写真画像の信憑性を高めてしまう。

――やはり俺は、蜂村と付き合い、婚約していたのだろうか?

時が経つにつれて、そんな馬鹿なとも思えなくなってくる。

「お前は俺のものだ。何があっても俺だけのものだ」

そう言って抱きしめてくるも、吉崇からこれまでとは違う躊躇いを感じた。

「吉崇さ……、んっ」

今だけは何もかもを忘れたい。吉崇からのきつい抱擁と荒々しい口づけには、そんな本心が見え隠れする。

(吉崇さん)

「――来い。もう、部屋に戻ろう」

唇を離した吉崇が穂純の手を引き、母屋へ戻るよう促した。

そして、今となっては二人の寝室となった吉崇の部屋に入ると、改めて抱きしめてくる。

「穂純――」

「吉崇さっ……あっ」

いつになく性急な吉崇に、穂純は布団へ倒された。

覆い被さる身体の熱が、貪るような唇と愛撫が、穂純の欲情に火を点け一気に煽る。

「んっ、吉崇さ……っ」

シャツのボタンが外され、現れた肌に唇が這うと、ゾクゾクとした快感が湧き起こる。

これまでなら、穂純も夢中になって応えた。肉欲に身を任せ、自らも吉崇も求めて両腕を絡めた。

しかし、今夜は穂純も何かが違った。

「吉崇さ――、駄目っ」

「どうして？　なんで拒《こば》む」

大きな不安が、快感を超えた。

やっぱり吉崇が好きだ、愛していると思えば思うほど、それ以上の恐怖が穂純を取り巻き、襲いかかってきたのだ。

「俺は、吉崇さんに初めて抱かれたときから、まるで抵抗を感じませんでした。同性なのに、不思議なぐらい。けど、それってあの男にも抱かれていたからなのかなって……。それで、抵抗がなかったのかもしれないって」

原因は、穂純が吉崇と初めて結ばれたときに芽生えた、自身への疑問にあった。

その裏づけが蜂村の存在と、静生が口にしていた「不倫」に直結してしまい、身体も心も震えた。指先が冷たくなるほど、恐ろしくなってしまったのだ。

「そんなことあるわけないだろう」

声を荒らげて否定した吉崇の顔から、初めて悲憤が感じられた。

突然のことに、どうしていいのかわからないでいるのは吉崇も同じだ。穂純が蜂村のものだったなんて信じたくないのは、どこの誰より夫となった吉崇だ。

「でも」

「穂純は俺だから安心して抱かれた。俺だって穂純だから、感情のままに抱いた。こんなときにあいつのことなんか考えるな。俺のことだけを考えろ。俺のことだけを見ろ」

「あっ――――っ」

行き場のない思いをぶつけるように、穂純の身体を組み敷いた。

いっそ、何もかもわからなくなるほど抱かれてしまえば、この不安も消えるのだろうか？

自身を捕らえて放さない罪悪感を、忘れてしまえるのだろうか？

「お前は俺のものだ。何があっても俺だけのものだ、俺の嫁だ。そうだろう!!」

「吉崇さ……ん」

だが、追い詰められた穂純の頰から涙が零《こぼ》れ落ちると、吉崇も愛撫を強行することはできなかった。

そうでなくとも、なくした記憶のことだけでも不安で堪らないのだ。そんな穂純から、新妻から泣き縋る場所さえ奪うなど、吉崇にはできるはずもない。

「――ごめん。泣くな、穂純。ごめん」

「吉崇さんっ……っ」

その夜、吉崇は穂純を抱きしめて眠るに止まった。

結婚してから初めて添い遂げられないまま、長くも短い一夜を終えた。


ゴーン。

「クォォ～ン」


翌朝、穂純はいつもどおり目を覚ました。

明け方近くになって、ようやく眠りについた吉崇を残し、朝食の支度をするつもりで床を出る。

ぼんやりしていたためか、浴衣から着替えもせずに移動した。が、いざ台所に立つも、穂純は何をどう支度したらいいのか、そこには頭がまったく働かなかった。

それほど昨夜は、何があっても吉崇が穂純を手放す気がないことが伝わってきた。

それどころか、蜂村と争う覚悟さえ決めているように感じられた。

しかし、それは穂純にとっては、もっとも起こってほしくないことだ。愛する吉崇に、そして吉章や極楽院の者たちに、何かがあってからでは遅いのだ。

それに、記憶をなくした自分を大事に保護して、愛してくれただけの吉崇に、ご法度を犯した男、男の風上にも置けない男のレッテルだけは貼られたくない。

吉崇の尊厳だけは傷つけたくない。

そう思うと、穂純は衝動的に台所を出た。

(このままじゃ駄目だ。とにかく一度、ここを出て蜂村さんのところへ行ってみよう。俺自身に、蜂村さんたちとの記憶がまったくないのはどうしようもない。記憶を失っていた事実を理解してもらって、吉崇さんが何も悪くないことだけはわかってもらわなきゃ。不貞を責めるなら、俺だけにしてほしいし。何も知らずに今に至った吉崇さんを責めることだけは、絶対にしてほしくない。こうなったら、蜂村さんとの関係は、自分で断つ!)

誰も傍にいない、忍太郎しか見ていないのを確認すると、穂純は思いきって縁側から庭に向かって飛び込んだ。

(えいっ――痛い!!)

「ワンッ⁉　ワンワンワンッ!」

突然落ちて倒れた穂純に驚き、忍太郎が吠える。

「どうした、忍太郎――、穂純っ!」

「あ、姐さんっ!!」

何事かと思い、廊下へ飛び出した吉崇や栄たちも、驚きのあまり庭へ飛び下りた。突っ伏して倒れる身体を抱き起こす。

すると、穂純の頬にはかすり傷が、額には青紫色に変化し始めたタンコブができている。

「寝ぼけたんでしょうか？」

「ありえるな」

浴衣姿のままだったこともあり、吉崇たちは穂純がわざと落ちたとは思わなかった。

穂純は、これ幸いと全身全霊で演技をすることにした。

「穂純！」

「痛い……、ここは、どこ？　あなたは、誰？」

「は⁉　何言ってるんだ、穂純」

「姐さん？」

「蜂村さん。蜂村さんはどこですか⁉　戸郷さんや、他の皆はどこにいるんですか⁉」

驚く吉崇や栄に縋りつき、今だけは蜂村たちの名前も呼んだ。

「どうして俺はここにいるの⁉　蜂村さんのところへ帰して！　帰して‼」

すべては、一度ここを離れて蜂村のもとへ行くためだった。

自分が蜂村と付き合っていたのか否かはわからないが、婚約していたのなら破棄をする。蜂村ときちんと別れて、吉崇たちには迷惑がかからないようにする。

それで吉崇と元どおりの関係になれるとは思わなかったが、今は吉崇と蜂村が争う火種を断ちたかった。

記憶のない自分を消すことで、吉崇のすべてを守りたかったのだ。

(ごめんなさい、吉崇さん。栄さん。みんな——っ!!)

5

事態が二転、三転する中、吉崇に呼び出された玉吹や竹川が駆けつけたのは、穂純が庭に転落してから十五分後のことだった。

「いやです！　どうしてお医者さんが、お巡りさんが。蜂村さんを呼んでくださいって言ったじゃないですか！」

「穂純ちゃん」

「帰して……。俺を蜂村さんたちのところへ、帰して!!」

人が違ったように周りを拒絶し、蜂村を求める穂純に、玉吹も竹川も困惑していた。

なくした記憶が戻った弾みで、あったはずの記憶が抹消されてしまうことは、珍しいことではない。症例だけなら相当数あるだけに、玉吹も「そんな馬鹿な」「嘘だろう」とは立場的に言えなかったのだ。

「とにかく。一度本人を落ち着かせるためにも、言うとおりにしてみてはどうだろうか」

むしろ、穂純の思惑を助けるような発言しかできず、その結果、蜂村に連絡が行った。

一時間も経たないうちに、蜂村が駆けつけた。

「穂純！」

「蜂村さんっ」

詳しい説明や話し合いは改めてするとして、穂純は蜂村のところに戻されることになった。

理由は至極簡単なものだった。

「わかってやってくれ、組長。どんなに寺と一体化していようが、ここは極楽院組だ。周りは全員ヤクザだ。俺のことを思い出した穂純が、他組とわかるここに置かれて、恐怖しないわけがない。落ち着けってほうが無理だ」

それを言われてしまえば、吉崇たちには立つ瀬がない。

ヤクザらしい活動なんて皆無に近い極楽院組ではあっても、代々続いた雰囲気は屋敷そのものに染みついている。

どんなに穂純がヤクザな強面に慣れていても、相手が宿城組の敵対組織かもしれないと疑えば、話は別だ。自分は人質にでも取られたのかという気持ちになるだろう。

少なくとも、宿城組ほどの組織になれば、数え切れないほどの敵がいる。穂純の事故にしたって、それが原因でないとは、言いきれないのだから――。

「取り乱してしまい、すみませんでした。お邪魔しました」

こうして穂純は一世一代の嘘をつきとおし、朝のうちには吉崇のもとを離れていった。

着替えをする時間さえ惜しんだことから、浴衣に蜂村のスーツの上着を羽織っての退去だ。

栄たちにとっては、初めて見つけたときの穂純が、そのまま去っていくような錯覚さえ起こった。

「穂純姐さん！」

「静生の兄貴‼　これで、いいっすか⁉」

静生は、栄や文太たちに責められるも、吉崇と組のためを思ってか、何も答えることができずにいた。

「……」

「吉章」

「住職」

吉章も沈黙を守り、玉吹や竹川たちもこればかりは――と頭を抱えた。

「――」

そして、吉崇自身も何を思っているのか、今だけは口を閉ざしていた。一人で庭先に佇《たたず》むと、穂純が転倒したあたりをジッと見つめている。

「クオーン。クオン、クオン、クオーン」

その日は午後から急な雨に見舞われ、誰もがこれ以上ないほど、暗い気持ちになった。

穂純を恋しがる忍太郎の鳴き声だけが、時鐘を無視して極楽町に響き渡った。


一方、自らの意思とはいえ、蜂村邸に移動した穂純の緊張はピークに達していた。

（来ちゃった。蜂村さんの家なのか、組屋敷なのかはわからないけど、来ちゃった。広くて人もいっぱいいるから、記憶のことがバレないようにしなきゃ）

洋風邸宅の奥間——蜂村の自室に通され、お茶を出されるもビクリとも動けない。

脳内で今後の対策を練るのに必死で、吉崇のもとで「蜂村さん」を連呼したのが嘘のようだ。

蜂村にも「やれやれ」と溜息をつかれてしまう。

「まったく、嘘も芝居も下手だな」

「え？」

「穂純は俺を名前で呼んでいた。出会ったときから、蜂村さんとは一度も呼んだことがない。こう言えば、わかるだろう」

「——っ」

しかも、穂純の一人芝居は、どこの誰より先に蜂村本人にバレていた。

蜂村の何もわからないまま、こんな嘘が長続きするとは思っていなかったが、それにしてもバレるのが早すぎだ。

一瞬にして、穂純の頭の中は真っ白になる。

「極楽院に気を遣ったのか？　奴を守るために、俺のところへ戻ってきたのか？　こんなに俺が惚れているのに、お前は奴が好きなのか？」

蜂村に責められても、どう答えていいのかわからない。

そもそも、どんなに蜂村が穂純に「好きだ」と言ったところで、穂純には特別響いてくるものがない。

蜂村の見た目が怖くても、悪い男でもないのはわかるが、それだけだ。

吉崇に芽生えたような感動やときめきは起こらない。恋の対象がまるで違うからだ。

「穂純」

すると、切なそうな声を響かせ、蜂村が手を伸ばしてきた。

ごつくて大きくて、吉崇のものとはまるで違う手だ。穂純は肩を摑まれた途端に、全身をすくませた。

「やめてください。触らないで」

「どうしてそんなことを言うんだ」

「いやっ、来ないでっ」

あまりに嘘が早くバレてしまった混乱もあり、穂純は蜂村を拒絶することしかできなかった。

それこそ、言葉でも身体でも逃げることしかできなくて、腰掛けていたソファからも立ち上がる。

そうして部屋を飛び出すと、広い屋敷を逃げて逃げて逃げまくった。

「待てって、おい」

「いやです、来ないで！」

舎弟たちが啞然と見る中、追いかけっこが始まった。

「逃げるな、穂純」

「いやーっ」

床の間のある和室まで来ると、穂純は飾られていた長刀を手にして、鞘から引き抜いた。

「これ以上近づいたら死にます！」

「やめろ、馬鹿、危ないっ！　だいたい、そんなに言うほど、まだ近づいてねぇだろう!!」

「ぁっ！」

刀を取り上げられ、身体を掴まれた弾みに、浴衣の帯が解けてしまった。

すると今度は、その帯で自分の首を絞めようとした。

「だから、やめろって」

「触らないで！　いやーっ、やめてぇっ!!」

穂純の浴衣が乱れはしたが、実際蜂村は何ほどのこともしていなかった。

だが、穂純の悲痛なまでの叫び声は、邸宅内に待機していた舎弟たちに、多大なる誤解を与えていた。

(蜂村の兄貴。着いた早々、そんなに無茶をしなくても)

(若頭。そもそも親子ほど違う幼妻なのにな。経緯はどうであれ、大事にしなかったら、普通に逃げられるだろうに)

夫婦の問題なので、ここは戸郷たちも見て見ぬふりだった。

だが、男と男の兄弟仁義、兄貴のためなら命を懸ける覚悟はあるが、二人の様子を客観的に見た場合、ツキノワグマがチワワを襲っているようにしか見えないのもまた事実だ。

戸郷たちも、ここだけは自分に嘘がつけなかった。

あえての知らん顔は、間違いなく穂純への無言の加勢だ。

「いやっ」

「あう！」

それもあって、穂純は穂純で帯を解かれながら大奮闘していた。

自ら舌を噛もうとしたり、それを止めた蜂村の手をがぶりと噛んだりで、とうとう鬼の目にも涙を浮かばせた。

「いい加減にしろっ！　俺はまだお前に、何もしてねぇだろう！」

「まだしてないだけで、これから何かする気でしょう！　いきなり帯を解くなんて……。俺で極楽遊郭する気なんでしょう‼　あ、もしかして、これがアーレークルットソンなんですね」

ただ、「記憶が戻った」というのが嘘である限り、今の穂純に蜂村との思い出や記憶がないのは確かなことだ。

そこは蜂村も承知しているので、相当譲歩していた。

「っっっ。なら、しばらくは何もしねぇよ！」

「――」

しかし、浴衣の合わせを握りしめ、口をへの字に曲げて「じーっ」と睨みつけてくる穂純には、何を言っても通じない。

穂純は穂純で夫である吉崇に対して、貞操を死守しているのだ。

その必死さが痛いほど伝わってくるだけに、蜂村も堪えきれずに叫ぶ。

「俺も漢だ！　お前が俺の妻だと思い出すまで、納得するまでは何もしねぇから、自殺はやめろ、考えるな！　そんな目で俺を見るなっっっ！」

そして、追いかけっこ開始から十分足らずで降参。一騎当千の極道も、愛しの幼妻には形なしだった。

その場にどっかり胡座《あぐら》をかいて、両腕を組んだ蜂村の姿に、ようやく穂純も大人しくなる。

「とにかく、お前は俺の嫁だ。お前が大人しく言うことを聞けば、極楽院組からも吉崇からも完全に手を引くし、できる限り千金楽建設の計画の妨害もしてやる」

「――――！」

しかも、蜂村から出された新たな条件は、穂純に固唾を呑ませるに十分な内容だった。

「嫁を寝取られたことにも目をつむる。記憶のなかったお前を大事にしてくれた極楽院吉崇に、感謝はしても喧嘩はふっかけねぇ。腸が煮えくり返るほどの嫉妬も、俺の中ですべて治める」

これが俺にできる限界だ。

これ以上は無理なんだと、本気で蜂村が伝えてくる。

「本当ですか？　極楽町にも極楽院組にも、吉崇さんにも手を出さないと、約束してくださるんですか？」

穂純の気持ちがわずかではあるが、ぐらついた。

「お前が俺のそばに……、いてくれればな」

記憶や今の感情に関係なく、穂純は受け入れるしかないのだろうか？　と、新たな困惑が生じ始める。

（蜂村さん）

それほど蜂村は蜂村で、穂純を心から愛していた。

これだけは穂純にも、不思議なほど伝わってきたからだった。

＊＊＊

日中降り続いた雨は、夜になるとからりと上がった。

漆黒の空には星がきらめき、まるで何事もなかったように輝いている。

「栄、車の用意はできてるか」

「はい」

「なら、行くぞ」

静生たちが止めるのも聞かず、半日ほど庭先で雨に打たれ続けた吉崇は、この事態に決着をつける術を探していた。

そして、一つの結論に達すると、すぐに行動に移した。

「ワンッ！」

「なんだ、忍太郎。留守番が嫌なのかよ。しょうがねぇな――。今夜は特別だ、一緒に来い」

「ワンワンッ」

吉崇はこの夜、吉章や忍太郎、そして組員たち全員を引き連れて、東の鬼武者軍団の異名をもつ鬼東会、その七代目総長・鬼屋敷十蔵の本宅を訪れた。

面会を取りつけると、玉吹や竹川、町内のみんなに手伝ってもらって現金化した私財のすべてを鬼屋敷の前へ積み上げ、差し出したのだ。

「俺の個人資産なんで、一億もないが……。これで俺の亡きあと、宿城組との和解を図ってもらえないだろうか。そして、できることならうちの連中の面倒を見てほしい。頭《かしら》となる静生には、言い聞かせてある。どうか、このとおり。お願いします」

百畳はあろう大広間の上座、床の間の前には、ごつく逞しい身体に顎髭を携えた厳つい顔の鬼屋敷と、叔父の仁蔵が並んでいた。

それに対して吉崇を筆頭に、静生と組員たちは下座に並んで正座。吉章は、あえて鬼屋敷寄りの中間位置に一人で座り、忍太郎は鬼屋敷の者に付き添われて、広間前の庭先にて待機している。

「――おいおい、極楽院組長。どういうことだ？　宿城との和解って、なんの話なんだ？」

ここに至った事情などほぼ知らない鬼屋敷は、突然頭を下げられて戸惑っていた。

先日、蜂村から内々に「菩提寺の件でどうこう」という話を聞かされ、迷惑料はもらっていたが、その先に起こったであろう「嫁の話」などまったく聞いていない。

たった今、ここで吉崇から説明を受けて、知ったほどだ。

だが、これはこれで当然だ。穂純の記憶がどうこうというのはさておき、こんなのは蜂村と吉崇が直接対決している超・個人的な話だ。それも、二人の男が一人の男を挟んで揉めるという、鬼屋敷には説明されても苦笑いしか浮かばない内容なのだから。

「それで、これから蜂村のところへ行くっていうのか。その嫁さんを取り返しに」

「――ああ。穂純は俺の漢を守るために、記憶が戻ったなんて嘘までついて、蜂村のところへ行ったに違いないんだ。だが、仮にそうでなくてもいい。誰が何を言おうが、穂純はもう俺のものだ。どこの誰が相手であっても関係ねぇ。取り返すだけだ」

とはいえ、一国一城を治める鬼屋敷にとっては、この二人の男の肩書が問題だった。

吉崇の父親である吉章は、これに関しては口を挟まない。寺の権力も一切使わないという考えを、すでにこの場で示していた。

吉崇自身も、静生を含む組員たちは、すべて鬼屋敷に預けていくと宣言している。

とすれば、吉崇は常時四、五十人が待機している鬼の住処《すみか》へ、たった一人で乗り込むことになる。命懸けで惚れた伴侶・穂純を取り戻すべく、また自身の漢を貫くべく決死の覚悟であろうが、これでは多勢に無勢だ。

鬼屋敷としては、自分の傘下の組員に、そんな勝負にならない勝負はしてほしくない。

この場で自分が了承すること自体、躊躇われる内容だ。

「俺に直接手を貸してくれとは言わねぇのか。もしくは、宿城のほうに口をきけとか」

「他の理由ならそれもある。だが、これは俺と蜂村の問題だ。周りを巻き込むような話じゃねぇ。なんせ、痴話喧嘩だからな」

「しかし、相手はそうは思うまい。一度は舎弟のポカもあって、向こうも堪えたことだろう。だが、二度目はない。お前は奴にとっては、ただの間男《まおとこ》だ。むしろ、お前が来るのを手ぐすね引いて待っているかもしれない。行けば死ぬぞ」

どうにか思いとどまらせたいのもあったのだろう。鬼屋敷は、本気で吉崇を威嚇した。

「上等だ」

それでも吉崇の決意は固かった。そもそも命を捨てる覚悟をしてから、ここへ来ているのだ。

鬼屋敷十蔵ともあろう男が、今更何を言い出すんだと、笑うだけだ。

「――じゃあ、あとはよろしく頼みます」

吉崇は清々しいまでの笑みを浮かべて、立ち上がった。

自ら死に装束に選んだ着流しで、長刀二本を手にする姿は、鬼屋敷から見ても惚れ惚れしてしまう。今の時代に、ここまで現実離れしていている姿を見せられると、かえって気持ちがよくなってしまったのだ。

「ワンワン」

いつもと何かが違うと察しているのだろう、忍太郎が執拗に同行を強請《ねだ》った。

「そっか。お前も行きたいのか」

「ワン」

すると、それを見ていた栄や文太、組員たちが先を争い、静生に「絶縁願」と記した封書を差し出した。

「すみません、兄貴。許してください」

「俺らにも俺らの筋が、極道ってもんがあるんすよ」

組とは関係なしに、このまま吉祟を追いかけることを表明した。

「水くさいですよ、組長！　俺も連れていってください」

「そうっすよ。俺たち同じ釜の飯を、姐さんの飯を食った仲じゃないですか!!」

「これこそ死なばもろともです」

「すでに一緒に地獄は見てきたはずでしょう」

「――お前ら」

これに驚いたのは静生ではなく、むしろ吉祟のほうだった。

しかも、最後は静生までスーツの懐から「絶縁願」を取り出した。全組員分を一つに束ねて、吉章に差し出したのだ。

「すみません、おやっさん。やっぱり俺も、我慢がきかない漢でした。今日までお世話になりました。ありがとうございます」

畳に額をこすりつけて、謝罪と感謝を口にした。これが最期かもしれない覚悟は、当然静生の中にもでき上がっている。

すると、吉章が溜息交じりに、絶縁願の束を手に取った。

「もう、いい。何も気にしないで行ってこい。極楽院組はなくなっても、極楽院寺まではなくならねぇ。骨は俺が拾ってやるし、墓の中まできっちり納めてやる」

それこそ全員が見ている前でそれを頭上にぶちまけ、睨みを利かせた。

「ただし、そのときは穂純も一緒だ。間違ってもテメェの伴侶、テメェらの姐をよその野郎に取られたまま、のたれ死ぬんじゃねぇぞ！」

もう二度と聞くことはないと思っていた、凄みのある漢の激励に、静生たちは武者震いを覚える。

「はいっ‼」

気合の入った返事と共に、吉崇たちは鬼屋敷の本宅をあとにした。

蜂村のもとへ向かった。

――とはいえ、残された鬼屋敷からすれば、どうしたものかだった。

多勢に無勢は緩和したが、これではけっこうな対戦だ。はたから見れば、立派な出入りだ。

「こう言っちゃなんだが、どいつもこいつも馬鹿ばっかりだな。命を粗末にしやがって」

「ちゃちな組でも、一騎当千の心意気。俺たちは老舗の極道だからなぁ～」

「少しは止めてくださいよ、住職」

「俺は知らん。骨は拾ってやると、言っちまったからな」

どんなに当人同士が納得しようが、極楽院組と宿城組の戦争となれば、他の檀家が黙っていない。この戦争の幕引きそのものは鬼屋敷が、そして吉章がすることになるだろう。

だが、それならばいっそ――と、鬼屋敷はこの場で立ち上がる。

「――聞いたか、仁蔵の叔父貴。住職が動かねぇ。こうなったら、同じ漢同士、せめてもの情けだ。吉崇に蜂村とのタイマンを張らせるために、ちょっと行ってくる」

「おう。行ったれ行ったれ。この勝負の軍配は、もはやお前にしか取れんだろう。乗兒を動かせば、かえって抗戦だと思われかねんからな」

どう足掻いても避けられない争いならば、被害は最小限のほうがいい。

ならば、当事者同士でとことんやり合うことが、一番の軽傷だ。吉崇と蜂村だけでやればいいという極論になる。

「おう。それもそうだな。乗兒は怒るだろうが、ここは事後承諾だ」

だが、それでも恋の勝者となれば話は別だ。

最後に真の軍配を上げるのが誰なのかは、この場にいる全員が承知の上だ。

「あら、乗兒《うちの》がどうかした？　極楽院の住職まで一緒になって。法事の打ち合わせにはまだ早いわよね？」

そんなときに姿を見せたのは、宿城組の大姐であり、仁蔵の実の妹でもある紫麻だった。

着物姿で手土産を持参していた。ちょっとそこまで来たので、顔出しに立ち寄ったという出で立ちだ。

「ああ、紫麻。いいところに来たな。そっちに飛び火が行くことはないと思うが、今夜は出入りだ。一応朝まで、お前はここにいろ」

「出入り？」

突然の話にまったくついていけない紫麻。

だが、そっちというからには、こっちなのだろう。しかも、出入りと聞いては放っておけない。

紫麻は、今にも出かけようとしていた鬼屋敷を引き留め、説明を求めた。

そして、簡単に経緯を説明をされると、ますます意味がわからないという顔をした。

「え？　十蔵も兄さんもなんの話をしてるの？　蜂村に嫁なんていないわよ。婚約したなんて話も、ただの一度だって聞いたことがないし」

「なんだと⁉」

紫麻の言葉に、思わず仁蔵が声を上げた。

「だいたいあれでも、うちの若頭よ。そんなめでたいことになってたら、最初に報告があってしかるべきよ。そしたら組を挙げて祝うし、席を設けて兄さんたちにだって声をかけるはずでしょう」

「そう言われたら、そうだな。さらっと信じまったが、初めて聞く話だもんな」

これには鬼屋敷も同意した。

だが、だとしたら、この嫁騒動はなんなのだろうか？

思いがけないところから、穂純と蜂村の結婚、婚約話そのものに疑惑が起こった。

しかも、紫麻の話は、これだけでは終わらない。

「そんなことより、その……、蜂村の嫁だか十三代目の嫁だかって子の名前をもう一度聞かせて。もしかしたら、さっきうちの事務所に訪ねてきた子が、返せとかなんとか言っていた子かもしれないわ」

「穂純を？　誰かが穂純の居所を訪ねてきたっていうのか⁉　紫麻ちゃんのところへ」

新たな展開の予感に、吉章が更に声を大にした。

「そう！　そんな名前よ。突然訪ねてきて、弟を返してくれって。誘拐だのなんだのって言いがかりをつけてきたもんだから、家の連中がちょっと可愛がって――。止めなきゃ！　ちょっと電話、電話!!」

ここへきて、穂純の身内が現れた。記憶をなくして、消息がわからなくなっていたはずの穂純の存在に、ようやく身内が気づいて捜し始めていたようだ。

「それにしても、なんでまだ穂純の兄ちゃんは、宿城組なんか訪ねていったんだ?」

「やっぱりその子が、蜂村とできてたってことか? 奴がこれまで、言わなかっただけなのか?」

こうなると、話がややこしくなっているのか、解決に向かっているのか、微妙なところだ。

「とにかく、紫麻! こうなったら吉祟と蜂村を休戦させろ。乗兒に言って、すぐに喧嘩を止めに行かせるんだ」

「わかった」

ただ、いずれにしても喧嘩の仲裁に入る理由、こじつけが降って湧いたことに間違いはなかった。これに関しては、吉章も鬼屋敷たちも感謝した。

被害は最小限に留めるに限る。

だが、何もないに越したことは、ないのだから——。

6

話は二時間ほど遡る。

蜂村が個人保有する邸宅は、宿城本家の近くにあり、庭つき一戸建てのなかなかいい住まいだった。

北欧家具家で統一された、おしゃれな空間。いくつか和室はあるものの大半は洋間で、庭には番犬用のドーベルマンが放たれている。

だが、改めて眺めてみると、穂純は〝いつかどこかで見たような気のする家だ〟と感じた。

明るいダイニング。

広々としたテーブルに多数の椅子。

そう。ここは穂純が何度となく夢に見た光景に、とてもよく似ていたのだ。

「穂純ちゃん。家事なんか下っ端の仕事なんだから、やらなくていいんだよ」

「そうですよ。若頭だって、何もしなくていいから、俺のところへ来てくれって言ってたでしょう」

ガタイのよい男たちが気さくに声をかけてくるのも、あの夢に重なった。人こそ違えど、ここは極楽院家と雰囲気が似ている。一見強面の男ばかりだが、みんな優しくて親切だ。

もちろん、穂純がそう感じるのは、置かれている立場が特殊なためもあるだろう。

だが、自然と伝わる人のよさは、不思議なほど変わらない気がしたのだ。

「いえ、置いてもらう限りは、そういうわけにはいきません。せめて食事の支度ぐらいはしないと……」

おかげで穂純は、夕餉《ゆうげ》の支度に勤しむも、複雑な思いに駆られていた。

「記憶がどうこう言ってたけど、律儀なところは店で会ったときのままなんだな」

「本当だな。これだから兄貴だけでなく、俺らまでみんなまいっちゃったんだよな～」

（俺は、本当にあの男性と婚約したんだろうか？　付き合っていたから、こんなにみんな親切で、俺自身も懐かしいものを感じるんだろうか？）

何かに集中していないと、気が紛れなかった。

蜂村の機嫌を取ろうと試みたのもあるが、結果的に大量の食事作りに没頭したのは、余計なことを考える暇を作りたくなかったからだ。

そうでなければ、吉崇や吉章のことを思い出してしまう。静生たちや忍太郎のことばかりを思い出してしまい、今にも涙が零れそうだった。

それなのに、思ってもみないところで気を遣われて、心が揺さぶられる。八方塞がりとは、このことだ。

そうして、穂純の力作が並ぶことになった夕食時。いくつものリビングのテーブルには、和洋折衷《せっちゅう》の、目にも鮮やかな料理が並んだ。

「うわっ、すげぇ！」

「うん。穂純ちゃん、マジすげぇ」

食材そのものはあり合わせだったが、大所帯の台所だけあり、種類が豊富でいいものが揃っていた。

その上、食器もよければ家具もいい。もともとよいものばかりが揃ったところに、穂純のセンスのよさが加わったため、その見栄えにまずは家事担当がはしゃいだ。

スタミナ系の大皿料理から、品のある小鉢までが並んでいるところが、ちょっと田舎の裕福な大家族の食卓的な暖かみまで演出している。

そして、支度を終えると穂純は、自宅にいてもパソコンに向かい、意外と多忙そうな蜂村に声をかけた。

吉崇もそうだったが、自宅に常駐している組員たちを食わせていくのは、長の仕事だ。

それこそ上座にまつられ、指示だけをしているわけではない。

穂純が知る限り、極楽院組は町の何でも屋で、時給や日当で〝かゆいところに手が届く〟ような、いろんな仕事を請け負っていた。稼ぎ頭は吉章の寺経営であり、静生の財テクだったが、組員をまとめて人材派遣の管理をしているのは吉崇だった。

そして、本人も自ら様々な現場に出向いて、陣頭指揮を執ることも欠かさない。

やんちゃ坊主がそのまま成人した印象しかない吉崇だが、電気工事士やクレーン免許、大型車両の免許から簿記二級と、かなり手広く資格を持っている。

もともと組員一人一人が、元板前見習いの栄のように、何かしらに突出した専門技能の持ち主なので、吉祟はそれらを理解するために、広く浅く学んだ状態だ。

それを間近で見て、理解してきたこともあり、穂純は〝蜂村もきっとそうなのだろう〟と思った。

さすがに仕事の規模と内容は違うだろうが――。

「あの、蜂村さん。お食事の用意ができました」

穂純にフリルのエプロンを纏わせ、新妻・幼妻感を際立たせたのは、変なところに気の回る戸郷だった。

振り向きざまにそれを目にした蜂村の双眸《そうぼう》が見開く。鬼だの熊だの言われるヤクザも、自然とにやけてしまうのが制御できない。

「蜂村じゃねぇ。俺に声をかけるときには、以前のように〝竜三さん〟と呼べ」

「――でも」

「ほら、いいから呼んでみろって」

「……っ」

ただ、蜂村が浮かれて口走ったものの、今もいっぱいいっぱいな穂純の目には、じんわりと涙が浮かんできた。

こちらはこちらで涙腺で制御できない。状況に行き詰まると、すぐに目は赤くなり、口はへの字に結ばれる。

「兄貴。そんな俺らの前で言ったら、恥ずかしいに決まってるじゃないですか。そういうのは、二人きりになってからにしないと……」

「先は長いんです。困らせたら駄目ですよ」

「あ、そうだったな」

揃いも揃って強面、極悪面の男たちが腫れ物に触るような扱いだった。

誰もが地獄の三丁目あたりに、突然移植された可憐な小花が枯れないようにするのに必死だ。

はたから見たら滑稽《こっけい》だが、誰一人客観視できない状態にいるので、気づけないでいる。

このあたりは、極楽院組と大差がない。

ただ、強いて言うなら、蜂村たちのほうが気合の入ったヤクザな分だけ滑稽だ。

「悪かった、穂純。さ、食堂へ行こう」

よくよく考えることもなく、まだ初日だ。自宅へ招いて半日足らずだ。蜂村もすぐに気持ちを切り替えた。

「――はい」

穂純はこくりと頷き、蜂村のあとをついて歩く。

（とにかく、頑張らなきゃ）

蜂村たちが食堂に入ると、すでに揃っていた五十名近い組員たちが、豪勢な食事を前にどよめいている。

それを見た蜂村も、意表を突かれたのか、戸郷に訊ねた。

「すげぇな。これ、本当に穂純が作ったのか？」

「はい。まかないの奴らは、特に何もしてないそうです。せいぜい言われたとおりに野菜を切ったり、置き場のわからない皿や箸、調味料を用意した程度で。全部、穂純ちゃんがあり合わせの材料で作ったそうです」

その出来映えに感動し、ただただ感激してしまう。

「意外だな。こう言っちゃなんだが、見た目からすげぇものが出てくる覚悟はしてたんだが」

「俺もです。なんかこう、半泣きでごめんなさい……みたいな料理が並ぶもんかなと、勝手に想像してました。こんなに料理が上手だったんですね」

そうして、戸郷や組員たちと共に席に着き、蜂村は期待に満ちた眼差しで箸を手に取った。

「いただきます」と声を揃える。

「この酢牡蠣《すがき》、美味いな」

「はい、兄貴。三杯酢の加減が絶妙というか、なんというか、料亭レベルですよ。うちにある調味料なんて、スーパーの市販品ばかりのはずなのに――。鶏《とり》の竜田揚げも美味い」

もともと大食な成人男子が揃うだけに、食卓に上ったものは見る間に減った。

馴染みのある家庭料理から、ちょっと手の込んだ酒のあてまでが、「美味い」「美味い」と食べられていく。炊き出しかと思うような白米や味噌汁も、「お代わり」「お代わり」のかけ声と共に、気持ちよく減っていった。

「すげぇな、穂純ちゃん。いや、今日からは穂純姐さんって呼ばないといけねぇな」

「うめぇ！　本当に、何を食べてもうめぇ！　お代わり」

「ありがとうございます」

ただ、当の穂純はここでも作り笑いが精一杯で、手にした茶碗の白米にも箸がつけられずにいた。

（吉崇さん。お義父様）

当たり前になっていた食事風景が、どれほど幸せなものだったのか、かえって噛みしめてしまったのだ。

（静生さん。栄さん。文太さん。みんな――）

食堂に響く笑い声や、目の前に並ぶ笑顔は変わらないのに、穂純は悲しくなるばかりだった。

（忍太郎……っ）

「ワンッ！　ワンワン、ワオーンッ!!」

（え⁉）

すると、家の外から聞き覚えのある鳴き声が聞こえてきた。

同時にドーベルマンの鳴き声が響き、セキュリティーシステムが作動して警報も鳴った。

「兄貴！　出入りです!!　極楽院組の奴らです！」

「組長自ら、組員を引き連れて乗り込んできやした‼」

食堂にはまだ入っていなかった下っ端の組員が、血相を変えて駆け込んでくる。一瞬にして場はけたたましくなった。

「なんだと⁉　それでチャカは」

咄嗟に確認したのは戸郷。

「持っていません。木刀か素手かで、極楽院が真剣を持っているだけです！」

「どこの学生《ガキ》だよ――、迎え撃て。ただし、飛び道具は使うな。こいつは喧嘩だ、ヤクザもんの出入りじゃねぇ」

「はい‼」

男たちが箸を置き、次々と立ち上がって先を争うようにして食堂を出る。

「吉崇さん‼」

いても立ってもいられなくなり、穂純もその場から走り出そうとした。

だが、それは蜂村が許さない。

「あっ！」

憤怒の形相をあらわにした蜂村が、細い腕を摑んでいた。

「お前ら、穂純を事務所へ連れていけ。奴の狙いは穂純だけだ」

「はい」

傍にいた舎弟のうち二人が、穂純の腕を摑んで、蜂村からも引き放す。

「さ、姐さん。こっちへ」

「いやっ！　いや、吉崇さんっ‼　吉崇さんっっっ」

穂純は食堂の勝手口から屋敷の裏へ回された。

それを見届けてから、蜂村は食堂から、すでに戦場と化しているであろう玄関ホールへ向かって歩く。

「俺にも刀を持ってこい！」

怒声を廊下に響き渡らせた。

「兄貴、これを」

追いかけてきた戸郷が手にした長刀二刀のうちの一刀を手渡した。

だが、蜂村は二刀を摑んで、一刀を大理石の床へ放った。

「テメェは持つな。こいつを使うのは俺だけでいい。奴もそのつもりだ」

「しかし、極楽院組の組長は、代々二刀流の達人だという話です」

「関係ねぇ。そもそもは、俺と奴の問題だ。まあ、それにしちゃ、お前ら巻き込んで悪いとは思ってるけどな」

蜂村は蜂村で、直接吉崇と争う腹づもりだった。

フッと浮かべた笑みが、妙に愉快そうだ。

「水くさいですよ。穂純ちゃんは俺らの姐さんでもあるんですから」

「ガキはどっちだ。族のマスコットじゃねぇっつの」

二人で玄関ホールへ向かって歩くも、次第に乱闘の渦中に入り込んでいく。

開放された玄関の外や二階からも怒声が聞こえてくるのをみると、すでに表門から庭先どころか、屋敷内の至るところで乱闘になっている。

穂純を先に家から出したのは、蜂村としては正解だ。

「それにしても、派手にやらかしてんな——あいつらも」

「ははっ。懐かしいですね。まあ、たまにはいいんじゃないですか。こういう拳に物を言わせる大喧嘩も——!!」

「うぐぁっ！」

話の途中で、殴りかかってきた組員の一人を戸郷が殴り飛ばした。

綺麗すぎるアッパーカットに、その場で乱闘中だった静生が、ハッと振り返る。

「テメェらなんざ素手で十分だ。元ミドル級キックボクサーの腕っ節、たっぷり味わわせてやる」

日頃はヒステリックに見えるだけの痩身に、蒼白な顔色と銀縁眼鏡が、この場ではストイックな元ボクサーを演出していた。

すると、完璧なファイティングポーズを披露した戸郷の前に、静生が立った。

こちらも手にしていた木刀を捨て、眼鏡のブリッジをついと弄ると、手刀を構える。

「そりゃいい。極真空手五段――、受けて立つ」

「この場においてはナンバーツー同士の一騎打ちか。いいぜ、相手に不足はねぇ！」

「うりゃっっっ」

双方手足を駆使した攻防に、周りの者たちは異種格闘技戦を見るようだった。

素手でボコボコやり合っていた者たちが、一瞬見惚れてしまう。

そうかと思えば、庭先では巨漢同士が身体を張って対戦中だ。

「おらっっっ‼　レスラー上がりを舐めんなよっ！」

「ふんっ、どすこいっ‼」

ぶつかり稽古にしか見えないが、文太の奮闘に老兵・忍太郎もドーベルマンを相手に大奮闘を始める。

「ワン！　ワンワン！」

「ウォン‼　ウォンウォン‼」

思わず蜂村が長刀を落としそうになった。

「なんだ、この面白ぇ戦争は」

蜂村が、ふと屋敷全体が奇妙な雰囲気に包まれていることに気がついた。

怒声や罵声はヤクザなものだが、出入りどころか喧嘩とも言いがたい感じ――祭っぽいのだ。

個性豊かな組員が目につくせいもあるが、極楽院組の者たちが持ち込んだ勢いやノリに、こちらの全体が巻かれている。

そして、その大本の発端がこの男だ。

「穂純っ！　どこだ、穂純っ!!」

吉崇は真剣二刀を両手に、屋敷内を捜し回っていた。

「――と、真打ち登場か」

すでに蜂村の手下を蹴散らしてきたのか、乱れた着流しの上だけを肩から落とした吉崇の額には、じっとりと汗がにじんでいた。

腹には真っ白なさらしが巻かれており、背には手を合わせたくなるような両刀遣いの持国天。

その出で立ちがあまりに時代錯誤で、普通なら笑いたくなる。

だが、それをさせないのが、吉崇の端整な顔立ちに、鍛え抜かれた身体つきだ。

見ているだけで、惚れ惚れしてしまう。蜂村でさえワクワクしてきた。

「やっぱり来たな、極楽院。待ってたぞ」

蜂村が吉崇に向かって声を荒らげる。

「蜂村！」

「必ず来ると思ってた。いや、来てもらわねぇと困るんだ。テメェを血祭りに上げるためにはな」

手にした長刀の鞘を抜き捨て、中段で構えた。

「上等だ。こい、叩き切ってやる！」

吉崇が不敵に笑い、改めて二刀を構えた。


その頃、穂純は――。

「吉崇さんっ」

蜂村の手下に勝手口から表へ出されて、駐車場へ移動していた。六台ほど駐車された中のバンで、宿城組の事務所に連れていかれようとしている。

「いいから、こっちへ――うわっ！」

だが、穂純を車に押し込もうとした手下から、突然悲鳴が上がった。

「わっ!! んだ、これっ」

立て続けに男たちの顔を目がけて、連投されたのは生卵だった。

「きったね――、痛てぇっ」

中には固ゆで卵も混じっていたらしい。ビシャ、グシャ、ガツ、ゴツンときた連打に、意外なダメージを受ける。特に、トドメのような鼻の頭へのゴツンは効いた。

「姐さん、こっちへ!!」

「栄さん！」

予期せぬ攻撃に顔を拭う男たちから、栄が穂純を奪い返す。

「野郎！　ふざけた真似しやがって!!」

「ただじゃおかねぇぞ、おらっ！」

「表に走って！　竹川さんも来てくれてます」

「はっ、はい!!」

とにかく穂純だけでも先にと、栄が背中を押して指示を出す。

立場上参戦するわけにはいかない竹川だが、通りすがりの警官を装うことは可能だと思ったのだろう。わざわざ制服姿で待期していた。

「待て――、姐さん!!」

「行かせるか！　穂純さんはうちの姐さんだ!!」

「るせぇ！　死にてぇのか、おらっ！」

「お前ら、そこで何してるんだ！」

わざとらしい台詞《せりふ》まで用意していたが、二人の男を必死で止める栄はこの際無視して、竹川も穂純のもとへ一直線に走った。

「竹川さ――、あっ！」

「穂純ちゃん！」

だが、穂純は駐車場と道路の段差で足を滑らせ、勢いのまま転がってしまう。横転した先で、スライド式の鉄門に頭からぶつかり、ガシャンと鈍い音が響き渡る。

「姐さん！」

「うわっ！　穂純姐さん」

こうなると、栄たちも争っている場合ではない。取っ組み合いも放棄で、倒れた穂純のもとへ駆け寄った。

「穂純っ！」

しかし、竹川や栄たちさえ押しのけ、倒れた穂純を抱き起こした男がいた。

「テメェ、誰だ！」

「どこのモンだ!!」

あまりに突然で、これには男たちと共に、栄まで怒鳴って相手の肩を摑んでしまった。

だが、その瞬間に引きはがされて、飛ばされる。

「やめろ！　テメェらはすっ込んでろ！」

「な――っ」

「宿城組長……っ」

栄たちを次々と地面に転がしたのは、たった今駆けつけたであろう、宿城組組長・宿城乗兒。

これには、栄よりも蜂村の手下たちのほうが驚愕してしまう。

「何？　何がどうして？」

展開がまるで読めない。栄は困惑するまま、今一度穂純と穂純を起こした男に目をやった。

「大丈夫か？　穂純、穂純」

「んっ……っ」

あたりが暗くてはっきりはしないが、穂純を呼び捨てにしている男は、なんとなく穂純に似ている美青年だ。

穂純が頭を押さえながら、瞼を開く。

「……お兄ちゃん？」

「気がついたか、穂純」

「え？　颯生《さつき》お兄ちゃん、どうして？　何？　え？」

ありとあらゆることが理解できずに、穂純があちらこちらを見回した。見れば見るほど困惑していくのか、兄にしがみついていく。

しかし、その反応を目にした栄のほうは、急に背筋が冷たくなった。

「――姐さん。記憶が……」

生まれてたかだか二十数年の栄だが、こんなにヤバいと感じたことはない。

何がどうというより、とにかくヤバい。頭の中にヤバいの文字しか浮かばないのだ。

「誰か！　救急車！　救急車を呼べ!!」

「!?」

それなのに、屋敷のほうからは、切羽詰まった吉祟の叫び声まで響いてきた。

「――行くぞ」

「はっ、はい！」

この上何事かと思い、栄は宿城のあとをついて屋敷内へ入った。

すると、入り口から玄関フロア、廊下の至るところで、蜂村側の男たちが腹を抱えてうずくまっていた。

栄の背後でも、卵をぶつけられた男たちが突然膝を折って苦しみ始める。

「おい。どうした、お前ら」

「何があった、戸郷！」

理由がわからないのか、フロアでは戸郷も顔中に脂汗を流して倒れていた。

しかも、その現象は庭先でも起こっている。

「おいっ、どうした⁉」

「ワンワン！」

「ウォンウォン」

文太や忍太郎、そしてなぜか屋敷のドーベルマンが一緒になって、倒れた男たちを見て回っていた。

「いったい何が起こったんだ？」

まったく意味不明な事態は、怪奇としか思えなかった。

それでも、宿城は広い屋敷の奥へ進んだ。

栄もまた奥へと進むが、途中ではぐれて大部屋に迷い込んでしまった。どうやら、食堂だ。

「――え？　なんだ、これは……。あっ、もしかして！」

食べかけとはいえ、手の込んだ彩りのよい料理を目にして、栄は慌てて廊下へ飛び出した。

とにかく誰かに伝えなければという一心で、廊下を走る。

「静生！　救急車だ。救急車を呼べ」

「組長。そんなことより、今のうちに姐さんを捜しに」

「いいから呼べ！　様子がおかしい。俺たちはまだこいつらを何ほどもいたぶってねぇだろう」

「――あ、そう言われたら確かに、戸郷も急に……」

ちょうど、吉崇と静生がいるところへ出くわした。

二人共この事態に気が動転しているようだが、それでも吉崇は戦闘中に倒れたらしい蜂村を抱きかかえていた。

蜂村も戸郷や他の者たちと一緒で、腹を押さえて脂汗を流している。

「組長！　静生兄貴！」

「あ、栄。穂純はどうした」

「姐さんなら、無事です。それより食堂に、なんだか見覚えのある手の込んだ料理の残りがありました。なので、もしかしたら、こいつら……」

「――っ!!」

栄の説明ですべてを悟ったのか、静生がスーツの胸元から慌ててスマートフォンを取り出した。

これを武士の情けというのかはわからないが、〝手の込んだ料理〟に思い当たる節が多すぎて、すぐに救急車を呼び寄せる。

一言、「集団食中毒みたいです」と添えて――。

＊＊＊

その後、蜂村たちは全員救急病院へ搬送された。

栄や静生たちが以心伝心、睨んだとおり、蜂村たちは集団食中毒を起こしていた。

無事だったのは、たまたま順番待ちで食堂の外で待機していた数名の下っ端たち。あとは、穂純がうっかり忘れて、餌を作ってあげられなかったドーベルマン一匹だ。そうとう幸運だ。

そして、盛大に転んだわりに怪我もなく、記憶まで戻った穂純とその兄・颯生はと言えば――。

「お兄ちゃん」

「無事でよかった、穂純。短期ホームステイに行ってるはずのお前が、まさかこんなことになるなんて」

「心配かけて、ごめんなさい。でも、極楽院のみんなによくしてもらっていたから、大丈夫だよ。

それに、竜三さんたちもすごく親切にしてくれたから」

「——そう。よかった」

とりあえず一度話をしよう、みんなで事情を把握しようという宿城からの提案もあり、吉崇たち共々宿城組の本宅へ来ていた。

栄がもっとも恐れていた、忘れたことを思い出す代わりに、極楽院組でのことを忘れてしまう。吉崇のことも、自分たちとのことも、すべてなかったことにされてしまうという状況もなく、穂純はすべてを記憶していた。

唯一、よくわからないというのも、川に落ちて流されていた間のことだけで、意識のあるところでの経緯は、ちゃんと覚えていたということだ。

ただ、そのために穂純が、本当に蜂村たちと面識があったことも明らかになった。

そして、どうして今まで家族が穂純の行方不明に気づかなかったのか、また捜索願が出ていなかったのかということも——。


それは、今となっては四ヶ月前、七月の半ばのこと。

大学に入って初めて迎えた夏。穂純は生まれて初めて家族から離れて、海外へホームステイをすることになった。

期間は三ヶ月。十月の半ばには帰国の予定だった。

しかし、いざ出発となった当日、予定先で突然の不幸があり、費用はすべてこちらで持つので、ホームステイは翌年に延期してほしいと言われてしまった。本来なら、家に帰って出直しだ。

ただ、この日はたまたま事情を知った大学の友人が残念会をしてくれることになり、部屋にも泊めてくれることになった。

食事も奢《おご》ってくれて、一つの提案もしてくれた。

〝せっかく家から出てきたんだから、この際一人暮らし体験でもしてみるか？　無理だったら家に戻ればいいし。俺もこれから短期留学で三ヶ月部屋を空けるから、綺麗好きな穂純が住んでくれたら超助かるんだよな。費用とかは、水道光熱費の実費だけでいいし。どっちみち基本料金は取られるからさ〟

単なるノリと言えばノリだが、穂純にとっては魅力的な提案だった。

家族とはいっても、両親を早くに亡くした穂純は、独身だった叔父と兄に溺愛して育てられた。

特に、十歳年上の兄にはべったりだという自覚もあり、今回のホームステイを決めたのも、そろそろ自立を目指さなければ！　と思ってのことだ。

現地での語学勉強は改めてするにしても、その前に一人暮らしだけでも体験できるなら――と、友人の部屋を借りることにしたのだ。

当然、ここは兄たちにも報告ずみの了承ずみだった。

ただ――、

せっかくの一人暮らしなんだから、過保護は駄目！

自分も自立のためにバイト経験をしたり、いろいろ頑張ってみたいから、緊急時以外の連絡は取らない！

便りがないのは元気な証拠と思って、三ヶ月間だけ様子を見てよ。ね!!

――という約束を取りつけたがために、借りた部屋の家主が帰国するまで、穂純が消えたことに、誰も気づけなかった。

それこそ最初は家主でさえ、〝やっぱり家に帰ったか。甘ったれだな〟程度の感覚しかなく、からかってやろうと思って行った大学で知り合いから、

〝え!?　大学には来てないぞ〟

〝かれこれ三ヶ月になるけど、ホームステイじゃないのかよ？〟

〝そういや、穂純がヤバそうな知り合いから何か頼まれていたって噂が立ったときがあったよな。ホームステイ中だから、見間違いだろうってことで、オチがついたけど……〟

〝あれ？　そのヤバそうな知り合いって、校門前で穂純を待ち伏せしてた奴のことか？　確か、高校時代の同級生だって聞いたぞ。どう見ても、穂純とは属性の違う感じで、軽そうな奴だったけど――〟

背筋が寒くなるような話を聞くまで、これは家族に知らせなきゃ！　警察に行かなきゃ！　と

いう状況にもならなかったのだ。

そして、その友人から知らせを受けた颯生が、慌てて警察に駆け込んだ。

すると、そこで何らかの事情で記憶をなくした穂純が、極楽院寺に保護されているのを知った。

血相を変えて、極楽町へ出向いた。

〝穂純ちゃんは記憶が戻ったから、宿城組へ行っちゃったんだな〟

〝連れていかれたの間違いだろう。なんでも組長だか、誰かに気に入られたとかって話だから、極楽院や俺たちに迷惑かけないようにって思ったんだよ。絶対にそうだよ〟

しかし、ここで颯生は、新たにご近所さんの立ち話を耳にしてしまった。

穂純がすでに極楽院にはいないこと、宿城組に連れていかれたことを聞いて、これは大変なことになった！　と、直接宿城組の事務所を調べて突撃してしまったのだ。

これが、つい数時間前に起こった、「弟を返せ」騒動だ。


「穂純姐さん。運がいいのか悪いのか、ものすごく微妙な展開でここまで来たんっすね」

「一般人に騙《だま》されて、クラブに売られてヤクザに助けられるって、夢も希望もないな」

ただ、こうした家内事情や経緯もさることながら、吉崇や栄たちが緊張しつつも一番確認したかったのは、蜂村との関係だった。

蜂村が吉崇たちに説明した、出会いの経緯に嘘や誤魔化しがないだけに、吉崇はビクビクしながら訊ねた。

するど、穂純は屈託のない笑顔で答える。

「――え？　竜三さんですか？　大好きですよ。だって、すっごくいい人じゃないですか。俺のことも気に入って、可愛がってくれて。おかげで、お店のみんなからも大事にされました」

「それで、プロポーズ？　好きだって言われたのか？」

「プロポーズ？　好きだって言われたので、俺も好きですとは答えましたよ。あとは、うちに来てほしいって言われたので、いいですよ。じゃあ、今度ご飯作りますね。俺、こう見えて得意なんですよって」

まったく変わることのない笑顔と調子で説明し続けた。

当然、悪気はない。

「そしたら、そんなことしなくてもいいから、とにかくうちに来てくれって言われたので、竜三さんって優しいんですね。お嫁さんになる人は、幸せですねって――って笑って返したんですけど、これってプロポーズとは関係ないですよね？　そもそも俺、男だし。竜三さんは、穂純がうちに来てくれることになったって喜んでくれましたけど。あ、戸郷さんたちもよかったーって。でも、どこで結婚の話に変わったんでしょう？」

誰もが〝目に浮かぶような光景だ〟と思ったが、実際想像してみると、はしゃぐ蜂村の姿が痛々しくて、吉崇たちは口を噤《つぐ》んでしまった。

遅かれ早かれ食中毒にはなったのかもしれないが、見た目によらず一途で純情そうな男なので、胸が痛くなるばかりだ。

「あの馬鹿がっ！　何が婚約だ。新妻だ。素人好きが！　単なるテメェの勘違い、早合点じゃねぇか」

ただ、一緒になって説明を聞いていた宿城は、ここに自分がいるだけで恥ずかしくなった。

この場にはいない蜂村や戸郷たちに代わり、主として土下座に及んだ。

「申し訳ない！　何から何までうちの馬鹿共が大迷惑をかけてすまなかった。本当に申し訳ない!!」

「いえ、いいです。宿城組長には、まったく責任のないことですし。それに、その状況じゃあ、俺も勘違いするかな――っていうのが、気の毒なぐらい想像できるんで」

しかし、こうなると吉崇は、無関係な宿城が一番気の毒に思えてきた。

このあと、鬼屋敷にも報告する義務があるだろうに、どう説明するのか。

となると、この土下座は受けられない。吉崇は慌てて宿城に頭を上げてもらった。

「――で、穂純。それでその、蜂村さんって実際どんな人？　救急車で運ばれてるところを、チラッとしか見てなかったんだけど。好きは好きだったんだよね？」

颯生も、可愛い弟に変な勘違いをした男――明らかに要注意人物のことが気になったのだろう。

険しい顔つきで穂純に聞いていた。

「見た目も中身も死んだお父さんそっくりな人だよ。だから、好きになったし、甘えて懐いちゃったんだ」

メガトン級の天然爆弾が落とされた。

（うわっ。一番残酷なパターンかよ。蜂村の奴、聞いたら即死だな）

（っていうか、静生兄貴！　あの美形兄弟の父親が蜂村竜三――鬼瓦熊三そっくりって、どういうことなんですか⁉）

（両親が美女と野獣⁉　もしくは、超隔世遺伝っすかね⁉）

こんなときの目配せによる以心伝心は健在だった。

静生たちにとっては、穂純の飯マズと同じほど強烈な話だったらしい。

「そっか。それじゃあ、好きになっちゃうよね」

「でしょう」

しかも、それを聞いた颯生の返事も、またメガトン級だった。

（え‼　それで好きになっちゃうんですか、お兄さん！）

（それでいいんっすか、お兄さん‼　でしたら俺も、気は優しくて力持ちな熊っぽい男子なんっすけど！）

（なんて強烈な兄弟だ……。顔と思考がアンバランスすぎる）

こんな調子で、どれほど世間の男たちを惑わせてきたのかと思うと、想像を絶するものがあった。

吉崇など頭を抱え、宿城も溜息をつくばかりだ。

「え？　でも、そしたらどうして、ヤクザも蜂村も大丈夫なのに、警察は駄目なんだ？」

ここにも、何気なく紛れていた竹川に至っては、ただただショックをあらわにした。

すると、これに関しては、穂純が自ら手を挙げた。

「あ、ごめんなさい。それも思い出しました。駄目とかではなくて、実は――」

竹川に対して、説明をし始めた。

「え⁉　川へ落ちる前に、通りがかりの警官から職務質問を受けそうになって、怖くなって逃げた⁉」

「はい」

あの日――花火大会があった八月一日。穂純は夕方からバイトへ行こうとしていた。

ただ、お店に出るときの制服が、女性ものの浴衣だった。

そして、たまたま私服の着替えが不足しており、家から着て出かけてしまった。

それなのに、通りかかった警官と目が合い、声をかけられそうになったものだから、そうとう気まずかった。これはいけないと感じたのだ。

なにせ、浴衣は「夏の制服」と言われたから着ていただけで、穂純に女装の趣味はなかった。

それなのに、男がこんな格好をしていたから、変に思われたのかもしれない。お巡りさんに怒られる。下手をしたら実家に〝お宅の息子さん女装してました〟と連絡をされてしまうかもしれない――と心配になり、怖くなって逃げ出したに過ぎなかったのだ。

とはいえ、逃げたというのはあくまでも穂純の感覚であって、話を聞く限り相手の警官が追いかけたようには思えなかった。

一般的な思考で状況を想像するなら、「お嬢さん。暗くなる前に帰るんだよ」と声をかけるか、かけないか程度だったのだろうから、この時点で警官絡みの事件性はゼロだ。

しかも、川へも誰かに落とされたわけではなく、穂純が自分で落ちていた。

〝あ！　お店で借りた髪飾りが……、うわっ!!〟

たまたま人通りのないところでの事故だった上に、あたりはすでに暗くなっていた。

それで吉崇たちが発見するまで、誰にも気づかれなかったのだが――。

ここもよくよく聞けば、穂純が流された距離は五百メートルとなかった。穂純が借りていた友人の部屋が、実は極楽町のすぐ隣の桃源町《とうげんちょう》にあったからだ。

川上での事件性を一番に考えたからとはいえ、灯台下暗し《とうだいもとくら》とはよく言ったものだ。

「本当に何から何までご迷惑をおかけして、すみませんでした。吉崇さん、お義父様。皆さん、本当にごめんなさい」

結局、誰が悪いわけでもなかった。穂純自身の過失による事故と記憶喪失だった。

この上、また変な輩が出てくる心配がなくなったので、吉崇や吉章たちもようやくホッとした。

「いやいや。終わりよければすべてよしだ。よかったよかった。なあ、吉崇」

「ああ――。本当にな」

しかも、蜂村の結婚話が勘違いだったから吉崇との関係も――、などいうこともない。

穂純はちゃんと吉崇との恋も結婚も覚えていたし、自覚もしていた。

だからこその、ハッピーエンドだ。

「ありがとうございます。吉崇さん」

しかし、誰もが安堵した中で、一人で顔色を悪くしている者がいる。颯生だ。

「穂純。お義父様って、誰のこと」

「え？　あ、吉崇さんのお父さんだよ。俺、助けてくれた吉崇さんとお付き合いして、結婚したんだ」

「は？」

この段階で、穂純以外の全員がしまった、ヤバいと肩をすくめた。

当然と言えば当然のことだが、颯生は見るからに激怒している。

穂純の軽いノリにすっかり慣れてしまい、吉崇たちも麻痺していたが。この発言に関しては、段取りが必要だった。ここは吉崇だけでなく、吉章たちも大反省だ。

「出会ってからの期間は短いけど、本当に大好きになったんだ。それに、みんなもすごくよくしてくれて、祝福してくれて……」

「何、馬鹿なことを言ってるんだ！　大事なお前をヤクザになんか渡せるはずがないだろう！　誰が許すか、冗談じゃない。だいたいまだ、大学だってあるんだぞ。普通の結婚だって早いのに、同性婚なんて一生早い。いや、ないに決まってるだろう」

「――!!」

力いっぱい怒鳴られて、穂純もようやく気がついた。

たった一人の大好きな兄が、自分と吉崇の結婚は認めていない。大反対なのだと。

「そんなこと言わないで、お兄ちゃん。俺はみんなのおかげで、無事だったんだよ。こうして元気でいられるのもみんながいてくれたからこそだし……」

だが、だからといって、「はい。わかりました」と言える話ではない。穂純はどうにか理解してもらおう、認めてもらおうと颯生に縋った。

「それはわかるが、これは別だ」

「俺、吉崇さんのことが好きなんだ。ずっと一緒にいたいし、このまま極楽院組にいたい。大学はちゃんと行くし、卒業もする。きちんと就職もするから、このまま極楽院組にいさせてよ!!」

「俺よりそいつが好きなのか！」

「――っ」

そうして、究極の質問を突きつけられた。

「うちよりそいつのところに、極楽院組にいたいのか！」

「……っ」

穂純にとっては、究極の選択にも匹敵する質問だ。

簡単に答えられるわけがない。

しかし、それは穂純にとっての答えであって、颯生にとっては、すぐに返答がないことそのものが穂純の答えであり、選択の結果だ。

「――もういい。話にならない、少し頭を冷やせ。俺も頭を冷やして出直してくる」

颯生はそう言って、その場から立ち去ってしまった。

「お兄ちゃん――ぁっ」

穂純も追いかけようとしたが、こんなときに限って足がもつれた。

「穂純！」

その場で転んでしまい、吉崇に抱き留められる。

「ここは俺に任せろ。責任を持って家まで送ってくる」

「――宿城組長」

颯生のことは、この場で一番接点のない宿城が追いかけてくれた。

確かに誰が行くより、颯生の気は荒立てないだろう。吉崇も、「ここは宿城さんに任せよう」と諭して、目を赤くする穂純を抱きしめた。

「とにかく、今は落ち着こう。もう一度初めから考え直して、話し合おう」

「吉崇さん……っ、ぅぅっ」

そうして、穂純が吉崇たちに連れられて、長い一日の末に極楽院の家に帰ったのは、深夜になってからだった。

本当ならすぐにでも眠ってしまいそうなほど疲れているのに、誰もがなかなか寝つくことができなかった。

7

穂純が記憶と共に取り戻した〝生い立ち〟を口にしたのは、寝室で吉崇と二人きりになって、布団に横になってからだった。

〝おはよう。穂純〟

〝穂純ちゃん。おはよう〟

〝おはようございます！〟

本名は飯田《いいだ》穂純、八月一日生まれの十九歳。

実家は都内にあり、飯田工務店という社員五十人ほどの社員寮内。職員・職人が家族同然で共同生活しているアットホームな会社社長――颯生の弟だ。

穂純が吉崇のところで「千金楽建設」の名を聞いたときに、「あれ」と思ったのも、実家が千金楽の下請けもやっており、日頃から無理な仕事を押しつけられていたからだ。穂純自身は学生なので仕事そのものにはかかわっていなかったが、千金楽に関しての悪い噂や愚痴の類いは、自然と耳に入ってきた。

ただ、そんな建設業界で生きている者たちの中に生まれ、育ったこともあり、穂純は厳つく荒々しい男たちにはとても慣れていた。

人は見かけじゃない——なんて、意識したことがないほど当たり前。周囲の中でも父親が飛び抜けた強面だったこともあり、穂純は誰を怖がることもなく懐いた。それもあって、周囲からは溺愛された幼少時代を送っているが、いかんせん警戒心の欠片もないので心配のタネでもあった。

年の離れた颯生が時間の許す限り穂純をかまい、傍に置いていたのも、気がついたら知らない人に抱っこされている、そのまま連れていかれそうになったことは数知れずという、誘拐犯製造器的な幼児だったからだ。

しかし、幸せいっぱいだった穂純に、事故で両親が一度に他界するという不幸が訪れたのは、小学校に上がる前。

それは飯田工務店にとっても、経営の柱だった社長夫婦を亡くすという大きすぎる衝撃で、専務という役職に就いてはいるものの、主な仕事が現場を仕切る棟梁《とうりょう》だった独身の叔父が一人で背負うには、荷が重すぎた。

颯生にしても高校へ行きながら幼い弟を見るのは無理なことで、すぐに中退を選んだほどだ。

〝なんてことをするんだ、颯生！　せっかく入った高校を退学するなんて、死んだ兄貴や義姉貴になんて言ったらいいんだ。口には出さなくても、お前が目指す東大に行くのを心から楽しみにしてたんだぞ！〟

〝高校の勉強と卒業資格は、時間はかかっても通信でどうにかすればいい。大学は行きたくなったときに考える。とにかく今は、家事と育児を中心にして、穂純をちゃんと育てなきゃ、それこそ死んだ父さんと母さんに申し訳がないよ〟

〝颯生〟

〝会社のこともできるだけ手伝う。ここは俺たちだけじゃない。みんなの家であり、職場なんだから、何が何でも守らなきゃ。ね、叔父さん！〟

この颯生の努力と有言実行の頑張りがあったからこそ、叔父も奮起した。

社員も一丸となって協力し合い、何かと厳しい時代ではあったが、会社も家も守ってきた。

そして、そんな颯生や叔父たちの姿を見てきたからこそ、穂純も幼いながら自分も役に立ちたいと思った。

みんなの手伝いをし、喜んでもらえることを、何かしたいと考え探すようになった。

それで率先して家事を手伝い、炊事も覚えたのだ。

〝うわ！　朝からすげぇ、豪勢だな〟

学生寮のような社宅件自宅つきの会社は、曾祖父が設計して建てた、大正《たいしょう》時代では「ハイカラ」と言われた洋館風のビルだった。

それを平成に入ってから、新しい建築基準に基づき基礎補強をしてリノベーションしたのが、穂純の父親であり、叔父だ。

〝よし、食おう！〟

みんなで同じ食事をすることで結束を固めようというのは、昔からの家訓だった。

そのため食堂となるダイニングは明るく、居心地のよい空間になるよう、特に力を入れて作られていた。

〝いただきまーす〟

そんなダイニングのテーブルに、穂純が一人で〝それっぽいもの〟を並べられるようになったのは、十歳の頃だ。

可愛い穂純が頑張った結果だ、誰もが手放しで喜んでくれた。

穂純もそれが嬉しくて、毎日作り続けた。

もともと手先が器用で、色彩のバランスやセンスがいいのは、親譲りだった。

その上、本人が努力を怠らず、日々勉強に精進だ。朝晩の台所を一手に担うようになったときには、みんなの健康も考えて、健康食材や漢方の知識も深めた。

思いきった食材や初めて食材での料理は、さすがにドキドキしたが、そんなときでも、みんなが「美味しい」と言ってくれたので、穂純は素直に「よかった」と喜んだ。「嬉しい。ありがとう」とも言った。

ただし、ここで誰も否定しなかったがために、もともと好き嫌いがない、「何でも美味しく食べられるから幸せ！」と、言いきる穂純の美味しい基準が、狂った可能性は否めない。

ふるまった料理に対しては、基本的に相手の感想を尊重しているため、「美味しい」と喜ばれれば、「この味もみんなの美味しいゾーンに入るんだ」「ＯＫなんだ」と、素直に受け止めてしまうからだ。

「そっか。そしたら、食卓に出てくる一品一品が、穂純の家族への愛と努力の結果なんだな」

「そう言ってもらえると、嬉しいです」

――なるほど。これが見た目と味のギャップがすごい飯の誕生秘話だったのか。素直って最強だな――と、話を聞くにつれ、吉崇は悟りの扉を開かれた気分だった。

ときおり出てくる超美味飯にしても、穂純にとっては「今日はこの味でいこう」ぐらいの感覚でしかなく、ある意味気まぐれの産物なのかもしれない。

もしくは、大概は健康のために何か仕込んでくるから、吉崇たちにとっては想定外の味になるが、この気遣いをうっかり忘れた料理が、超美味な大当たり飯のパターンだ。

しかし、後者のパターンだった場合、穂純の性格からしたら、うっかりはあっても、わざとの手抜きはないだろうから、やはり〝奇跡の味つけ日〟でしか味わえない産物だ。

愛情がマズい飯を作るなんて、人生は本当に難しいものだと、微苦笑しか浮かばない。

(まあ、何をどうしたところで、こんなマズい飯食えるかなんて一生俺には言えないし。実のところ、徐々に慣らされてきた気もするから、このまま進むんだろうな)

集団食中毒の件に関しては大いに気になるが、そこは倒れた当人たちに探りを入れるしかない。

もしかしたら、他にも何か原因があるかもしれないし――という可能性だけは、一応残しているので。

「そしたら、やっぱり俺が出家して坊主になるのが一番だな。うちは、こう見えても歴史だけはある寺だ。そこの住職なら、兄さんや叔父さんたちも、少しは考え直してくれるかもしれねぇし」

一通りの生い立ちを聞いたところで、横になっていた吉崇は布団から身体を起こした。

そのまま胡座をかくと、今後についての対策があることを穂純に伝える。

「え？　出家ですか」

しかし、それは穂純にとっては、衝撃的なことだった。

先代組長だった吉章が住職に転職しているのだから、吉崇がそのあとを継いでもおかしいことはない。

だが、そうなったら、この極楽院組はどうなるのだろうか？

穂純も身体を起こして、吉崇の膝に手を伸ばす。

「ああ、さっき親父のほうから言ってくれたんだよ」

すると、この提案が吉崇の思いつきではなく、吉章からのものであることが教えられた。

〝吉崇〟

〝ん？〟

〝お前、いっそ寺を継ぐか？　そしたら、俺がこっちに戻るぞ〟

〝は？　何だよ、いきなり〟

〝穂純の家族も、寺の住職なら多少は妥協してくれんじゃねぇかと思ってよ。まあ、だからって、お前が男で、穂純が男なのはどうにもならんがな〟

〝親父〟

〝それでも、まずは頭を丸めて誠心誠意許しを請えば、多少の情は生まれるかもしれない。たとえ門前払いを食らっても、何もせずにいるよりはいいだろう。ヤクザなままでお願いし続けるよりは、確率も上がるだろう。ちっとでもよ〟

穂純にも、目に浮かぶような父子の会話だった。

吉崇も早くに母親を亡くしているので、その分父親に溺愛されて育ってきた。組員たちにも愛されて、そこは穂純となんら変わりない。

むしろ、町内ぐるみで大事に育てられた吉崇のほうが、慕う人間は圧倒的に多いだろう。

それを思うと、穂純には申し訳なさしか起こらない。

だからといって、ここで穂純が身を引けば、丸く収まるわけでもない。

それは独断で蜂村のところへ行ったがために、騒ぎを拡大してしまったことが証明している。

どんなによかれと思っても、独りよがりは駄目なのだ。

これはもう、夫婦となった吉崇と穂純、二人の問題なのだから――。

「ちなみに、昭和時代にブイブイやってたガチ・ヤクザな親父は、素人だったお袋を嫁にもらうのに、土砂降りの中でサラリーマンだった祖父に土下座したんだとよ。それでも激怒した祖父に蹴られて踏まれてボコボコにされて、最後は包丁も持ち出された。娘をヤクザに取られるぐらいなら、お前を殺して俺も死ぬってやられたそうだ」

「え⁉」

「まあ、そこはさすがに、祖母が止めに入ってくれたらしいけどな」

〝何言ってるのよ！　あんただって、反対した私の親から一人娘を攫って駆け落ちしたじゃない！　土下座もしなければ、ボコられもしなかったくせして、吉章さんにばっかり偉そうなこと言ってるんじゃないわよ‼　本当に娘が可愛いなら、腹を刺すより括りなさいって！〟

〝っっっ〟

「――けど、渋々でも、ちゃんと認めてもらってよかったって言ってたよ。夫婦揃って、あんまし長生きはしてくれなかったが、生前のうちに墓はここに作るって言って、本当に作ってくれた。おかげで、今もお袋親子は同じ敷地の中で眠れている。そういう経緯や現実もあるから、嫁の実家には礼を尽くせと言われた。大事に大事に育てた弟だ。頭を冷やして、出直させてくれるだけでも、めっけもんだ。感謝しろってさ」

「お義父様」

話をすればするほど、聞けば聞くほど、穂純は吉崇や吉章への好きが大きくなった。

どんなに颯生が反対しても、どうにかこの思いを理解し、認めてほしいと強く願う。

なぜなら、こんな人たちとみんなで家族になれたらどれほどいいだろうか――と、これほど感じる人たちには出会ったことがなかった。

生まれて初めてだったからだ。

「だから——な。やってみる価値はあるだろう、この転職は」

「吉崇さん！」

穂純は湧き起こる嬉しさから、吉崇に飛びついた。

「好き。大好き——。俺はあなたのそばから離れない。絶対に、離れない」

勢いのまま押し倒し、身体を重ねて、吉崇の胸に顔を埋めた。

「おいおい。こんなときだっていうのに、その気になっちまうだろう」

「——なって。こんなときだからこそ、抱いて」

冗談で言っただろう吉崇の言葉にも、思ったことを口にする。

こんな誘い文句を穂純から言い出すのは初めてのことで、吉崇も一瞬驚いていた。心なしか、頬も赤く染まっている。

「穂純」

「だって、俺は今日になって、やっと全部を思い出したんです。俺自身が誰なのかも全部わかったんです。けど、それでも俺は吉崇さんのことが変わりなく好きだって。この気持ちが本物なんだってこともわかったんです」

それでも穂純は、自分の思いをぶつけ続けた。

欲情したとか発情したとかではなかったが、穂純にはもっと大事で、新しい情が吉崇に対して湧き起こっていた。

それらすべてをぶつけずには、いられなくなっていたのだ。

「だから、今夜は飯田穂純として、吉崇さんにキスしてほしい。力いっぱい抱きしめて、吉崇さんのものにしてほしいし、極楽院穂純にしてほしい。俺も、吉崇さんを俺のものにしたいから。俺だけのものにしたいから――」

そうして、言葉だけでは伝えきれなくなると、穂純は自分から身体をずらしてキスをした。吉崇の頰に触れ、髪に触れながら、合わせた唇を割っていった。

「んっ、っ」

自分から舌を差し込むのは初めてだったが、幾度も吉崇がしてきたので、それを真似て歯列を割った。舌を絡めた。

「んっ……っ」

同じキスのはずなのに、自分から求めて手に入れたそれは、何か違った。

応じるだけで精一杯なときにはなかったが、不思議な高揚が起こってくる。

「んっ、っ」

まだ、吉崇に何かされたわけでもないのに、下肢では自身が膨らみ、頭をもたげ始めた。

一人で盛《さか》っているようで寂しい反面、一人でもいいからもっと盛りたい、気持ちよくなりたいと、我欲も強くなってくる。

だが、そんな気持ちを見抜かれたのだろうか？

吉崇が穂純の小さな尻に両手を回して撫でてきた。

「ありがとな、穂純。求めてくれ――。そしたら、今夜は初夜のやり直しだな」

片側ずつを手の中で弄り、ときにはきゅっと摑んで欲情を煽ってきた。

「いや、これはこれで新しい初夜か。これから二人でいろんなことを乗り越えていくための、新たな誓い。二人だけの儀式――」

「あっ、っ」

吉崇は穂純の尻をガッチリ摑むと、力強く上下に揺すってくる。穂純が高ぶってきたのを感じていたのだろうが、自分の腹部に穂純のそれをこすらせて、刺激する。

「んっ、ぁ……吉崇さ……」

「――脚、開け」

言われるまま開くと、両膝が吉崇の身体から落ちた。

穂純は吉崇の腹部に跨がり、上体だけ崩れたような姿勢で、陰部をこすりつけていく。

「んっ、吉崇さ」

激しい揺れに、浴衣の合わせが割れて乱れたところで、吉崇の両手が尻から白い太腿に移動した。直に肌に触れられビクリとするも、今度は太腿を摑まれたまま身体を激しく揺すられる。

「も……、吉崇さっ！」

かと思えば、そのまま再度両手を尻に回され、今度は下着の中に突っ込まれた。

直に尻を摑まれ、窄みを探られ、指の先をグッと差し込まれたときには、「あんっ」と色めいた喘ぎ声が漏れる。

自分から吉崇の身体にこすりつけていただけでも、十分すぎる刺激だった。同時に後ろまで弄られてしまったら、穂純では何ほどももたない。呆気なく射精してしまい、下着を濡らした。

「――ひどっ……」

自身の下着があったおかげで、吉崇の浴衣を汚すことはなかった。

しかし、そこはよかったとは思うが、穂積自身はべったりとした不快感に捕らわれる。思わず唇が尖った。

すると、それを見上げて、吉崇がニッとした。

「おっと……。ごめんごめん。脱がせるのを忘れてた」

「えっ!」

穂純の下着を摑むと、強引に下ろした。

吉崇の身体を跨いだ状態で、下着が脱がせるはずがない。穂純は下着を奪われると同時に、布団の上に転がされてしまう。

「これじゃあ、気持ち悪いだろうから――、な」

「きゃっ」

仰向けになったところで、脚を開かれ、濡れた陰部を舐められた。

ペニスから下腹部まで、わざとらしく舌で這い回されて、穂純は「きゃぁ」「ひあっ」と声を漏らして、脚をばたつかせる。

あまりにバタバタしたものだから愛撫を中断されて、今度は俯《うつぶ》せに転がされた。

浴衣が捲れて、尻が丸出しになってしまう。全裸より恥ずかしさが増すのはなぜなのだろうか？

「吉崇さんっ！　ひどいっ。こんなのちっとも儀式じゃないでしょ！」

捲れた浴衣を必死で戻そうとしたが、その手は吉崇に弾かれた。

「悪い。なんか、自分で言ってみたものの、急に恥ずかしくなってきて。しかも、盛ってる穂純が可愛いくて……、やっぱ無理だった。ごめん――」

此《こ》の期《ご》に及んで、すごい言い訳をされるも、四つん這いに近い姿勢になったところで、背後からのしかかられて抵抗ができない。

そのまま抱きすくめられて、顔を覗き込まれて、キスをされる。

「んんんっ」

口でも抵抗できなくなった穂純の両脚を割って、吉崇が自身を押しつける。

「んっっっっっ、ゃっ……駄目っ」

半ばまで起ち上がったペニスで窄みを探り、こすられ、穂純は顔を揺すってイヤイヤをし続けた。尻丸出しで背後から責められているのも恥ずかしいが、ハンパな状態で煽られているのが、更にその恥ずかしさを煽るのだ。

変なのに、感じてしまって――。

「何がどう駄目なんだよ。可愛い腰が揺れてるぞ。それに、ここも……ふるふると」

しかも、それを吉崇はすべてを見越している。

前に回した両手で胸の突起を摘み、そして達したばかりの穂純自身を握ると、わざとらしさに輪をかけて弄り回してくる。

「あんっ！　やっ、変……。こんな格好、したことな……」

そうして穂純を焦らしながら、自身を形づかせて、改めて窄みを探り込んでくる。

入り口を捕らえたと同時に、突き入ってくる。

「っ、ひゃっ!!」

痛みよりも驚きが勝ってしまい、また変な声が上がった。上体が崩れると、尻だけを突き出す形になってしまい、一気に吉崇が身を沈めてくる。

「あっ」

――入ってきた。

その実感が、変な恥ずかしさを上回る。煽るだけ煽られ、焦らされたように感じて溜まった不満が、一瞬にして消えてしまう。

「これはこれで、悪くないだろう。つーか、俺は最高。根元までずっぽり嵌まって、抜けられねぇ」

「あんっ……っ。吉崇さ」

吉崇は、穂純の腰を摑み直すと、ゆるゆると抽挿し始めた。

ちゃんと穂純がいいと感じる、二人だけが知るリズムだ。

「おっと。こっちも……。こっちも……可愛がってやらないと、すねるんだったな」

「そんな——、ああっ……駄目。やっ」

姿勢が整うと、手放したばかりの穂積自身や、胸の突起をまた弄り始める。

「中が、締まった。きつくて、ヤベぇ。やっぱり、お前——気持ちよすぎ」

「あんっ、あっ……吉崇さっ」

「お前はどうだ……？　駄目か？　気持ち……よくねぇか」

絶え間なく押し寄せる快感に、穂純は肩で息をしながら、顔を横に振った。

「でも、なんか——感じすぎて、あんっ！」

ようやく言葉が出たと思うと、いっそう深く奥を突かれた。

「駄目……。変な声が、出ちゃ……」

「出せばいい」

吉崇が穂純の中でイきたがっていた。

「めちゃくちゃに……、なっちゃう」

「なればいい」

もっと激しく責め立てたいと、言葉でも身体でも訴えていた。

「おかしくなるっ……っ。吉崇さっ」

「俺はもう、お前におかしくなってる。なりっぱなしだ」

「ぁぁぁっ」

自らの高揚を、興奮を言葉にすると、吉崇の動きが加速した。

力強く、そして激しいものになって穂純を背後から責め立てる。

「だから、お前もおかしくなれ。めちゃくちゃ乱れて、俺のところまで堕ちてこい」

「はぁっっ、んっ、あっ――っ」

「ほらっ……もっと、ほら」

「吉崇さっ……。吉崇さん」

だが、かなり激しく抽挿されるも、吉崇が先に達することはなかった。

穂純の様子をジッと見ていた。

「いいっ、あんっ……いい……イっちゃう」

一人はいやだ。一人は怖い。

そう言った最初の夜から、吉崇は穂純の中で自分だけがイくこともなければ、穂純だけをイかせることもない。

「吉崇さ――っ」

そうして今夜も、穂純は吉崇と共に絶頂を迎えた。

身体の奥で吉崇が達した証を感じながら、自身もまた吉崇の手中で達していた。

＊＊＊

翌日の朝は、いつもと同じように訪れた。

ゴーン。

「オオ～ンッ」

穂純は気持ちも一新、床を出た。

そして、いつにも増して張り切った。

「皆さん、朝ですよ。栄さん、文太さん、静生さん。さ、食堂へどうぞ」

それは食卓を見れば、誰の目にも明らかだった。

「静生兄貴。あれ、蜂村たちを病院送りにしたメニューと似てませんかね？　姐さん、朝からめちゃくちゃ気合入れてますけど。食って大丈夫なんでしょうか？」

穂純の笑顔に反して、組員たちにかつてない緊張が湧き起こっていた。

珍しく、食卓に着く前に話し合いがなされる。

「似て非なりだ。あれから救急搬送された病院に探りを入れたら、あいつらが倒れた原因は牡蠣だったらしい。初物にはまだ早いし、もしかしたら加熱用を生で食べたことが原因だったのかもしれない。――が、なんにしても用意されていた食材に問題があっただけだ。姐さんのせいじゃない」

すると、静生が最新情報を提供した。

蜂村たちは、どうやら〝奇跡の味つけ日〟に当たったのが災いし、牡蠣の異常に気づけないまま食してしまったらしかった。

いつもどおりのマズさなら、舌に乗った瞬間に吐き出したかもしれないのに、悲運としか言いようがない。

だが、それでも栄や文太たちの表情は優れない。

「本当っすか？　牡蠣だけで、あんなに即効性ってあるもんなんっすか？」

「とりあえず俺たちはトイレ通いはしても、まだ病院送りにはなってないだろ」

「それって、段階を踏んできたんで、免疫がついただけなんじゃ？」

「それならそれでいいじゃないか。よそで毒を盛られても、生き残れる。毒も毎日身体に入れたら、慣れるらしいからな」

静生のフォローも、身も蓋もないものだ。

「やっぱり段階踏んでるんっすね。俺たち」

「すでに、詰んでるんだな。胃腸だけ」

文太たちも諦め顔だ。

しかし、ここで栄がハッとした。

「いや。でも。よく考えたら、姐さんの料理には漢方チックな食材がよく使われてます。俺らは毒と一緒に、常に解毒剤も飲んでるから、トイレの往復だけですんでるのかもしれませんよ」

「結局〝良薬口に苦し〟が正しいってことか」

「うーん」

世紀の発見のように言ってみたが、誰も救いを感じない。

それはそうだろう。ここへきて〝マズいが命綱〟だなんて信じたくない。受け入れたくないのが、人情というものだ。

だが、食堂からは穂純の「皆さーん」という呼び声がする。

行かないわけにはいかない。ここは人情より男気だ。まさに、死なばもろともだ。

「さ、吉祟さん。お義父様も」

「おう」

「今朝も美味そうだな。やっぱり穂純の飯が一番だ」

「まあ、お義父様ってば」

そうして、何事もなかったように食事の時間が経過した。

いつもながら、表現に困るすごい味がした。

だが、これが命綱なら、大丈夫と信じるしかない。

今朝もベース出汁に混入しているだろう漢方だか爬虫類の丸焼きを。

そして、それに日々鍛えられてきたであろう、己の胃腸、肉体を！

「穂純。飯を食ったら、頭を丸めるから。兄さんのところへ挨拶に行こう」

吉崇は、一大決心への実行に気を取られているのか、今朝はあまりマズさを感じていないようだった。

「はい。吉崇さん。では、俺も一緒に頭を丸めます」

「いや、それはやめておけ！　逆に激怒されたら困る」

「そうでしょうか」

「絶対にそうだ。だから、お前はそのままでいい。これから大学も行くんだしな」

「……あ。はい。わかりました」

二人の様子を見ていると、静生たちも自然と味より二人に気を取られてくる。

（許してくれるといいっすね。颯生さん——うぐっ！）

（——ですね。姐さんのお兄さんだけあって、超美青年さんでしたし。これを機に、家族ぐるみでお付き合いとかしたいですもんね——ぶほっ！）

（そうだな——、うぐっ！）

だが、油断ならないのが、やはり穂純の飯マズだ。

構えもなく頬張ったときの衝撃は、通常の倍をいった。

（い、威力が増してるっす）

（姐さんの飯……が）

（まっ、まっずーいっっっ）

それでも穂純に笑顔で「お代わりもありますよ」と声をかけられれば、あえて最強ランクな味噌汁の椀を空にして、お代わりをもらった。

味噌汁なのに味噌の味がまったくしないという不思議な汁物を飲み込み、胸中で「これが解毒剤！」「命綱！」と自身に言い聞かせる。

しかし、普段は忍の一字を貫く忍太郎が、突然吠えたのはこのときだ。食堂から見える庭の向こうに、小型のクレーン車が停まった。

「勝手に失礼します！　弟を迎えに来ました」

声を発して、クレーン車の荷台から垣根を跳び越え、庭先へ乗り込んできたのは颯生だった。

「頼もー」

「わしらの穂純を引き取りに来たぞ。おらぁっ」

そのあとからは、叔父やら従業員らしき男たちが、次々と飛び込んでくる。

だが、気合の入った作業着姿はいいとして、鶴嘴《つるはし》やチェーンソー持参はいかがなものか⁉

はっきり言って、蜂村が乗り込んできたときよりすごい。迫力が違った。

「ひぃっ！　怖っ。何、この集団」

「ど、どうりで姐さんが、ヤクザな俺らに警戒心がなかったわけだな」

「ご実家が工務店って聞きましたけど、俺らよりムキムキだったり、荒っぽそうな兄ちゃんたちばっかりっすよ。何かみんな重量級で横綱クラス！」

その上、もしかして国際色豊かな味つけの原因はここなのか⁉　というような、海外からの出稼ぎ労働者たちも混じっていた。

「穂純チャンヲ、返セー」

「穂純ノ、ゴ飯。ママノ味ネ！　穂純、俺タチノタメニ、同ジゴ飯作ッテクレルヨ！」

「返セーッ」

確かに様々な国のママの味を追求し、会得していったら、穂純が感じる〝美味しい範囲〟は、ワールドクラスになるだろう。

栄は特に感心し、納得してしまった。

今朝に限って、粉砕さえされていないイモリの丸焼きが入っていたのにも気づかずに、エグい味の味噌汁をずずっと飲んだ。

放心状態なのか、噛み切れないイモリを口に咥《くわ》えて、ボーっとしている。

「あれ？　もしかして、あいつ食ってる？」

「うん。あいつだけじゃない。あの見覚えのある穂純ちゃんお手製の飯を、全員で食ってる」

だが、そんな栄の姿に気づいた彼らが、急に食卓全体に目を向けた。

そして、なぜか態度を一変させた。

「若社長。ヤクザとはいえ、こいつら同じ釜の飯を食える仲間ですよ。ちょっとだけ、考え直してもいいんじゃないですか？」

「そうですよ。ガチで食ってますよ。それも、犬まで！」

「え？　なんだって」

「颯生。こいつらの言うことはもっともだ。奴ら、そうとう骨のある男だぞ。穂純と味覚が同じお前にはわからねぇかもしれねぇが、俺らにはわかる。奴らはすげぇ――超人だ」

「叔父さん」

掌返しの理由は、食卓にあった。

すでに他界している穂純たちの父親にもっとも似ているだろう叔父が、ものすごい切実な目をして、その場で「二人を許してやれ」「穂純の初恋を、結婚を認めてやれ」と、颯生を説得し始める。

これには吉崇や静生たちもビックリだ。

(え⁉　結婚条件の基準がそこ⁉　お前らにとっても、そこなのか⁉　職業ヤクザより、重要なのか⁉)

(いや、これ以上のハードルはないでしょうから、やっぱり問題はここなんですよ)

(しかし、ってことは……あいつらも、ちゃんとした一般的な味をわかっていながら、この飯を毎日笑顔で食ってきたのか――）

（すげぇっすね。それなのに、誰も痩せてねぇなんて……）

〝うわ！　朝からすげぇ、豪勢だな〟

〝よし、食おう！〟

〝いただきまーす〟

言葉もないまま、双方の男たちの間に、妙な連帯感が生まれ始めていた。

少なくとも、乗り込んできた男たちの一部を除いて、大半は味覚音痴ではない。

そして、それは吉崇や静生たちも同じだ。

（婿さんよ。その手の込みよう。今朝の朝食はいつにも増して壮絶そうだな）

（そうなんだ、叔父貴。過去最高ランクの激マズさかもしれない。舌が痺れ始めた。ちょっとヤバいかもしれない）

（大丈夫だ。それは一時的なものだ。俺たちも数え切れないほど経験したが、死んだ奴はいない。不思議と腹も壊してないし、あとは吐き気との闘いだけだ。そこさえ乗り越えれば、滋養強壮にはいいのが穂純の飯だ。夜のつとめに強くなるぜぇ～）

（そうなのか！）

あっという間に、目と目で通じ合う仲になっていく。

こうなると、颯生一人では反対を貫けない。

まさか、味方に連れてきた叔父や従業員が敵に回るなど想定外だ。

「お兄ちゃん……。一緒にご飯食べようよ。もう何ヶ月も、一緒に食べてないんだよ。俺、お兄ちゃんと一緒にご飯食べたいよ。でも、吉崇さんたちとも、食べたい。みんなで仲良く食べたいんだよ」

そこへクリクリとした大きな目を潤ませた穂純に縋られたら、どうしようもない。

颯生はクッと唇を噛むも、その後はゆっくりと口を開いた。

「——わかったよ。認めるよ。笑顔で食卓を囲める奴なら、ヤクザでもいい。穂純の笑顔を守ってくれるなら、もう……それでいいよ」

「ありがとう、お兄ちゃん！」

この場は颯生が折れて、穂純は晴れて極楽院組への嫁入りが認められた。

それでいいのか⁉︎感は満載だが、穂純が泣いて喜んでいるので、誰も気にしない。

終わりよければすべてよし！　という、飯マズに堪える男たちの団結力が窺える。

「よかったよかった！　さ、こうなったら、みんなで挨拶代わり、祝い代わりに飯でも食おう。穂純、ありったけ出してこい」

「はい！　お義父様」

「穂純の兄さんたちも、遠慮せずに上がってくれ」

「では、失礼します。叔父さんたちも上がらせてもらおう」

「……あ、ああ」

ただ、吉章の粋《いき》な計らいとはいえ、ここへきて叔父たちまで最高マックス、危険度マックスな朝食をいただくことになってしまった。

「誰か！　表のクレーンを移動しとけ。駐禁で切符切られたら大変だからな！」

「はい」

行きがかりとはいえ、穂純がいない間、ごく普通の食生活をしてきた叔父たちは、少し不安そうな顔をした。

そして、

（――ぐふっ!!　なんだこれ!?　前と、次元が違ってねぇか!?）

嫌な予感ほどよく当たるものだった。

新妻として腕に磨きがかかった分、穂純の飯マズは異次元化していたらしい。

叔父たちにとっては、イレギュラーだ。冷や汗を超えて、脂汗がにじんできた。

やはり、食事時に他家を訊ねる失礼をした、罰が当たったのだろうか？

後悔先に立たずだ。

「やっぱり穂純の作ったご飯が、一番美味しいね」

しかし、それにしても、穂純の兄は最強だった。

「ありがとう、お兄ちゃん。今朝はたくさん作ったから、お代わりもあるよ」

「本当？　なら、お言葉に甘えていただこうかな。本当に、ずっと食べたくて仕方なかったんだ。穂純のご飯」

「うん！　食べて食べて‼」

颯生は心から微笑んで、空になったお茶碗を穂純に預けた。

目の前に置かれた味噌汁も卵焼きも、新たに追加されてきた怪しげな物体の丸焼きも、涼しい顔で食べている。

「いやいや、兄さん。本当に穂純の飯は、美味くて助かるよ。いい嫁が来てくれて、ありがたいことだ」

「そう言っていただけると、幸いです。ご住職――いえ、お義父さん」

「て、照れるのぉ〜。ほっほっほっ」

吉章ともすっかり馴染んで、これはこれで飯友だ。すっかり仲良し義親子だ。

そこへ穂純がお代わりを持ってきたものだから、更に吉祟たちの目が釘づけになる。

（え？　美味しいのか？　マジか？　本気か⁉）

（弟を溺愛するがゆえのお世辞とかじゃなく、心から美味しいんですよね？　そうでなければ、あの笑顔はないですもんね？　ましてやお代わりなんて――）

これには新たな衝撃を受けた。

以心伝心組は、自然と身を乗り出し、颯生の箸が皿と口をスムーズに行き来しているのをジッと見てしまう。

(でも、こうなると、あの綺麗な兄さんもスゲーもの作りそうっすよね)

(どんなもの作るんだろう?　変な好奇心に駆られるのは、どうしてなんでしょうか?)

(完全に怖いもの見たさだな)

(でも、気になる。苦いのか辛いのか酸っぱいのかエグいのか?　もしくは更なる未知な味なのか!!)

(うーん。確かにな〜)

揃いも揃って、危険な思考に陥っていく。

別の意味で飯マズの危険性、毒性、依存性を感じてならない。

それでも――。

「ブホッ」

庭先では今日も忍太郎が、けなげな姿を見せていた。

「ゲフッ」

出されたご飯は、ちゃんと食べていた。

空は青く広がり、極楽町自体は至極平穏で無事だ。

「あ、お義父様。心配をかけたお詫びに、今度町内の皆様もお招きしたいんですけど、どうでしょうか?」

「ふむ。それはいいアイディアだな」

「それなら、俺も手伝うよ。これから弟をお願いしますってこともあるし」

「本当に！　嬉しい！　お兄ちゃんのご飯は、世界一だからね。きっとみんな喜ぶよ」

ただし、今のところは――だったが。

おしまい♡

presented by Yuki Hyuga with Kaname Ishida

極楽町危機一髪！

姐さんの謝恩会がマズい!!

CROSS NOVELS

終わりよければすべてよし。

何度もそのような場面は訪れたが、極楽院《ごくらくいん》家の男たちに限っては疑わしいものだった。

なぜなら、誰にでも自慢できる可愛い嫁・穂純《ほずみ》の作る飯が、何をどうしても説明できないほどマズいからだ。

それでも人間の生命力と適応能力は素晴らしい。相手を思いやる気持ち、愛情に勝《まさ》る調味料&解毒剤はなく、日々進化している胃腸もまた賞賛に値する。

一時はどうなることかと危ぶまれた穂純の兄・颯生《さつき》の理解も得られて、親族から関係者一同までもが凍りついた笑顔とはいえ、食卓を共にするほどＷｉｎＷｉｎな結末だ。

とすれば、やはりこれは〝すべてよし〟でいいのだろうか？

姐《あね》さんの飯が破壊的にマズいぐらい、どうってことはない？

そう思った矢先のことだ。

「あ、お義父様。心配をかけたお詫びに、今度町内の皆様もお招きしたいんですけど、どうでしょうか？」

「ふむ。それはいいアイディアだな」

「それなら、俺も手伝うよ。これから弟をお願いしますってこともあるし」

「本当に！　嬉しい！　お兄ちゃんのご飯は、世界一だからね。きっとみんな喜ぶよ」

穂純、吉章《よしあき》、颯生が世にも恐ろしい謝恩会の開催を決定した。男たちに激震が走る。

（町内会の皆様をお招き？）

（お兄ちゃんも手伝うよって、この姐さんのご飯を心から〝美味《おい》しい〟って言って笑う、お兄ちゃんのご飯すっか？）

（姐さんにとって世界一美味しいって……。もしや、世界一の飯マ……）

（そもそも俺たちでさえ、この状況なのに……。泣く子も黙る漢《おとこ》たちを集団食中毒に追い込んだかもしれないのに……。町内会の皆様をお招きしてだとぉ――っ!!）

一度は未知なる颯生の手料理を想像、恐いもの見たさから好奇心さえ駆られた静生《しずお》、文太《ぶんた》、栄《えい》、吉崇《よしたか》だったが、そんな馬鹿な思考は一瞬にして飛んだ。さすがに老若男女が入り交じるご近所さんを巻き込み、危険とわかりきったイベントなどできるわけがない。

（どっ、どうしましょう。組長）

（姐さんの笑顔が、嬉々としたやる気が、超恐いっす！）

（おやっさんまで賛成ってなったら、もうここは組長しか止められませんよ）

（わかってる。それはわかってるが、どうやって阻止したらいいんだ!?　町内会の連中だって、笑っちまうぐらい穂純が好きだぞ。大のお気に入りだぞ。感謝を込めて手料理でご招待なんかされたら、誰一人断らねぇ――。ましてや、あんな美形兄ちゃんのウエルカム込みだ。どこの誰が断るって言うんだよ!?　仮に飯マズをバラしたって、決死の覚悟で来るかもしれねぇだろう）

目と目で緊急会議がなされた。心なしか男たちの睫《まつげ》が、そして噤《つぐ》んだ唇が震えている。

（でも、人によったら、本当に逝《い》っちゃう可能性がゼロじゃないんですよ。あの蜂村《はちむら》でさえ倒れたんです。こうなったら、誰のためって言うより、姐さんたちを犯罪者にしないために、この謝恩会だけは絶対に阻止しないと）

（お、叔父貴）

（わかってる！　颯生だけは、こっちでどうにかする。だから穂純のほうをよろしく頼む。どうか穂純に、前科だけはつけないようにしてやってくれ！）

（はい！）

当然、穂純と颯生の叔父である桜輔《おうすけ》にも、この危機感は十分伝わっていた。

「イイナ、イイナ」

「穂純チャンノ、ゴ飯デパーティートカ、超ウラヤマシイネ！」

天国地獄の入り口になるかもしれない謝恩会話に、本気で羨ましがっているのは、穂純に自国のママの味を再現してもらっていた海外からの出稼ぎ組。

しかし、ありのままの気持ちを目で訴えるでもなく、堂々と口にしただけの彼らの言葉が、この危機と悲劇をさらに拡大することになった。

「だったらみんなも参加する？」

「おお！　それはいい。穂純のご実家との交流を改めて深める意味でも。どうだい、お兄さんよ」

「本当ですか。では、お言葉に甘えて、うちも全員参加させてもらうことにします。よかったね、叔父さん！」

「……え？」

――いや、だからそれだけは勘弁してくれ！

思ったことを何一つ口にできないまま、桜輔たちまで恐怖の謝恩会に巻き込まれていく。

「ヤッター!!」

「ママノ味デ、パーティーネ！」

「それもいいね。せっかくだから、多国籍料理にしようか。お兄ちゃん」

「そうだね。久しぶりに腕をふるおうか。そしたらすぐに現地から材料を調達しないとね」

しかも、即決されたメニューがまた、とてつもない不安を煽った。

（多国籍料理って？　現地から調達の〝現地〟って、いったいどこだ？）

初老静生の顔が蒼白になる。

（もしかしたら、堂々と爬虫類の素揚げや丸焼きとか出てくるんすか？　蛇とかワニとかカブトガニとか！　最悪踊《おど》り食いとかはないっすよね!?）

巨漢文太の全身が震える。

（組長！　彼らの〝ママの味〟ってなんですか!?　ママも祖国も否定する気はこれっぽっちもありませんが、姐さんたちがそれを基準に腕をふるうってところが最高に怖いです！）

元料理人見習いの栄も、今にも泣きそうな顔を吉祟に向ける。

（こうなったら、逆に謝恩会の予定日を早めるしかねぇ！　現地から〝通常ではお目にかからんようなもの〟を取り寄せられる前に設定して、まずは個人輸入を阻止だ！）

そして、吉崇が意を決して立ち上がろうとした。

「それなら大丈夫だよ、お兄ちゃん。商店街の薬局さんが、いろんな種類の漢方を扱っているの。アルコール漬けも、びっくりするぐらい種類が豊富で、そこで買ったら送料浮く分、いっぱい買えるよ。売り上げ協力にもなるし、ご主人にも喜ばれるよ」

「へー。そうなんだ。それはいいね。みんながハッピーだ」

「でしょう！」

思わぬ伏兵が近所に潜んでいたことが発覚した。

よくよく思い返せば、穂純に〝マムシの黒焼きの粉末〟なんてものを最初にプレゼントしたのは薬局の店主だ。「吉崇に飲ませろ」イコール、新郎新婦をからかう目的もあったのかもしれないが、以来穂純の飯マズ威力が増したことは否めない。

（オーマイガッ）

こうなったら自業自得だ、テメェの売ったもので玉砕しやがれ！

そう言って、知らん顔ができればいいのだが、よもや薬局の店主もオブラートに包んでちょっと飲むような精力剤が、大量投入され汁物の出汁《だし》に使われているとは思うまい。

もしかしたら、穂純の気遣いから〝定期購入〟という恐ろしい事態になっていたとしても、「吉崇も元気だな〜。くっくっく」で、終わりだろう。それこそ「夫婦円満で何より。よかったよかった」だ。

（仕方がねぇ。婿《むこ》さんよ。こっちは無理矢理仕事を作って、颯生を含めた全員不参加に持っていく。颯生だけは完全に動けないようにするから、穂純のほうをどうにかしてくれ）

（わかった。それだけでもありがたい。本当に恩に着るぜ、叔父貴っ！）

こうして、降って湧いたような謝恩会話をきっかけに、両家の結束は確かに固くなった。

ただ、話の流れから「じゃあ、せっかくだし。今から薬局に行こうか」「うん！」と、満面の笑みで食材の調達に行ってしまった颯生と穂純を止めることができなかったがために、極楽院家のキッチンストッカーには謝恩会用に買い込まれた物騒かつ大量の食材が収められることになった。


ゴーン。

「オオ〜ン」


想定外のスピードで食材が揃ってしまったことから、主催穂純・協力颯生の謝恩会は、その週末には行われることになった。手の込んだ料理の下ごしらえは二日前から始められ、前日には炊き出し用の大鍋や大釜が寺の倉庫から出されて、準備は着々と進んでいく。

その様子を目にした吉崇は、今日ほど実家が特殊な自営業だったことに絶望を覚えたことはない。これが一般家庭なら、なんの悩みもないまま大鍋や大皿がほいほいと倉庫から出てくることはないだろうし、盆暮れに親族が集うような富豪の本家であっても、せいぜい業務用の寸胴鍋《ずんどう》がいくつか出てくる程度だろう。間違っても一度に百人分は有に作れてしまう炊き出し用の鍋や釜は出てこないはずだ。それも複数個――。

しかし、ここは極道一家であると同時に、地元に古くから根づく寺。何事がある度に、炊き出しセットがお目見えする。当然これまで作られ、檀家や町民たちにふるまわれてきた食事は、豚汁やカレーや煮込みうどん、雑煮《ぞうに》といったポピュラーなものだ。仮に前もって出汁を取るにしたって、鍋に張られた水の中に乾燥昆布が漂い、戻される程度。名前もわからない乾燥爬虫類が放たれて、水で戻った姿を見ることはまずなかった。

（まるでオオサンショウウオが泳いでるみたいだな～。なんなんだろう、こいつは）

池にいてもビビりそうなそれが炊き出し鍋の底に鎮座だ。中を覗いた瞬間、目が合ったような錯覚を起こすそれを見て、吉崇は一瞬身震いするも意を決した。

静生や栄、文太たちから無言のエールを背に受け、支度に励む穂純に声をかける。

「穂純……っ。ちょっといいか」

「はい――、吉崇さん！　どうしたんですか⁉　顔が真っ赤。汗もいっぱい！」

「なんか、風邪みたいで……」

「大変！　すぐに玉吹《たまぶき》先生に診てもらわないと！」

「ああ……。頼む。悪いが、呼んでくれ……」

「はい。静生さん！　栄さん！　文太さん！　誰か玉吹先生を――!!」

健康が取り柄で、穂純の飯マズにも日々耐えている吉崇だ。仮に寒中水泳を決行したところで、風邪をひけるかどうかはわからなかった。

なので、それならばと選んだ手段が自家用サウナ。息も絶え絶えになるほど籠もって籠もって仮病を装い、明日の謝恩会阻止を試みた。何があっても吉崇優先、旦那様が第一の穂純だ。愛する夫が不調となったら、謝恩会どころではないだろう。

そして、一度頓挫させてしまえば、こっちのものだ。仕切り直しと言いつつ、そのときには静生が練りに練った誘導作戦で、料理は仕出しか栄を筆頭にした組員の手作り。もしくは、売り上げ協力と称して商店街の総菜屋に頼めば、これこそがＷｉｎＷｉｎだ。

「姐さん！　院長先生をお連れしました！」

「先生！　吉崇さんが!!」

そうして玄関前でスタンバイしていた玉吹が、ドクターズバッグを手に現れた。

「うーむ。風邪だね。入院するほどではないが、大事を取って二、三日は静かに寝ていたほうがいい。住職や町内のみんなには私から説明するので、明日の謝恩会もなしにして。そもそも吉崇がこんなでは、穂純ちゃんも気が気ではないだろうし。何より、人が集まったら、吉崇は寝ていられない性格だ。絶対に起きて無理をするから」

穂純の手料理を持参した組員から「どうしても一役買ってほしい」と依頼された玉吹は、味見をさせられた上での共犯だったこともあり、迫真の演技を披露する。

「はい。わかりました。確かに謝恩会となったら、吉崇さんは無理をしますよね。どうか、皆さんへの説明をお願いします。お詫びはあとから俺がしますので」

もとから疑うことを知らない穂純だけに、ここは吉崇たちの思惑どおりの返事をした。

そして、颯生や叔父たちにも自ら謝恩会中止の連絡をし、極楽町町民は何も知らないまま命の危険から解放されることになった。

ただし――。

「吉崇さん。特製のお粥ができましたよ」

今だけは吉崇の看病に徹したいと希望した健気《けなげ》な新妻の愛とその手料理は、仮病を使った罰としては重すぎた。

「と、特製？」

吉崇の脳裏に、鍋底を泳ぐオオサンショウウオがすっとよぎる。

「はい。謝恩会用のお鍋に取ってあったお出汁を煮詰めて濃縮したものを使っているので、絶対に滋養強壮《じようきようそう》にはいいですよ。これだけはお義父様にも分けずに、吉崇さんのためだけに作ったんですから。たくさん食べて、早くよくなってくださいね」

――やっぱり！　と思ったときには、もう遅い。
センブリ粥より正体不明な特製粥に、吉宗の具合が本当に悪くなったことだけは言うまでもなかった。

おしまい♡

あとがき

こんにちは、日向《ひゅうが》です。この度は「姐さんの飯がマズい‼」をお手にしていただきまして、誠にありがとうございます。

本書は嘘も隠しもなく、タイトルまんま、あらすじまんまの極道ロマンスです。若干〝極めた道〟が他とは違っていると思いますが（汗）、水を得た魚のごとく意気揚々と書かせていただきました。何がどうとか説明することが思いつかないほど、あとがきに三日も悩むほど、本当にタイトルまんまな一冊です。ただ、ちょっとでもツボが合ったら、ぜひ！　連続発刊で控えているお兄ちゃん編「嫁の飯がマズい‼」も読んでいただけたら嬉しいです。そのさい「は⁉　このノリで二冊も⁉」とは、突っ込まないように（滝汗）。すべてはクロスノベルスさんの懐深さ（キラン☆）ということで、どうかよろしくお願いいたします。

さて、それはそうと、超個人的な話になってしまうのですが、今年の十二月で商業デビューから丸二十年を迎えることになりました。（よく続いたよ、生きてきたよ、私！　涙）

ある意味節目《ふしめ》の年ですので、何かこれまでにない挑戦ができたらいいなと思っていたところで、このような連続刊に恵まれて、とても幸せです。

しかも、この本が出たあとには、女の子本なのですが人生初のコミカライズもしていただけることになりました。某文庫さんで書かせていただいている「大家族」の最新刊も出る予定ですし、これもひとえに、何かしらの形で携わってくださった皆様のおかげです。本当に感謝の気持ちでいっぱいです。何年経ってもエロっちぃシーンがスポーティーになってしまう私ですが（涙）、それでも私にしか書けない何かを、これからも伝えていけたらと思ってます。なので、飯マズに胃袋を掴まれた（？）吉崇《よしたか》たちのごとく、ちょっとでも〝日向唯稀《ゆき》の世界観〟に動かされるものがありましたら、今後ともお付き合いのほどをよろしくお願いいたします。

最後になりましたが、初めてタッグを組ませていただいた石田《いしだ》要《かなめ》先生。素敵で艶々《つやつや》でチャーミングなキャラクターたちを描いてくださいまして、ありがとうございました。そして、この話のプロットを冒険心いっぱいで受け入れ、形にしてくださった担当様&クロス編集部様――勇者だよ！

最後まで読んでくださった皆様にも大感謝です。

次もまたクロスさんで、飯マズでお会いできたら幸いです。

http://www.h2.dion.ne.jp/~yuki-h/　日向唯稀♡

CROSS NOVELS既刊好評発売中

お前、女も雌も知らないW童貞か!?

BloodyLife

日向唯稀

Illust 藤井咲耶

吸血鬼と人狼のハーフ・雅斗は、ある日大事な犬歯を傷つけてしまう。犬歯を失えば吸血ができない死活問題！ だが、恐る恐る向かった歯科で再会したのは、ドSな笑みを浮かべた元カレ＆初カレの嵩道だった。吸血犬だとバレてはいけない雅斗は、秘密を抱えたまま彼の治療を受けることになり……。フェロモン垂れ流しな嵩道に壁ドンされると、心が揺れる。自分が純粋な人間ではないから、逃げるようにして別れたはずなのに、「今夜だけでいい」という甘い言葉に流されてしまい!?

CROSS NOVELS既刊好評発売中

寝ぼけたふりをして誘うなんて、いけない新妻だ。

披露宴の夜に抱かれて

日向唯稀

Illust 明神 翼

「そんなものより、私を抱いて」

香山配膳のトップサービスマン・小鳥遊は、披露宴直前、新婦に逃げられた新郎・有栖川から『私の花嫁になれ』と命令される。その傲慢な態度に憤った小鳥遊は、もちろん丁重にお断り。だが、彼の祖母が倒れた流れで何故か新妻として新婚生活を送ることになってしまい!? 契約花嫁となった小鳥遊に待ち受けていたのは財産を狙ういじわるな伯母達の嫁イビリに、様々なトラブル。何より有栖川と寝起きを共にするダブルベッド(!!)と難問は山積みで——!?

CROSS NOVELS既刊好評発売中

「夜の覇者・冥王一号絶倫くん」（通称ゼックン）
――ついに起動!?

リアル＆イミテーション ㈱愛愛玩具開発部

日向唯稀

Illust 高崎ぼすこ

「角膜認識、完了。アナタガ、マスターデス」

ロボット大好きな大地が就職した会社は、実は大人のおもちゃ会社!? しかも、学生の頃から尊敬する水城室長が作っていたのが高性能ラブドールと知り、ショックを受ける。しかし、そのドールを目にした大地は心を奪われ、試運転マスターに立候補することに。すべてがピュアなラブドール。でも行動パターンは水城という、とんでもない相手とのモニタリングは、大地（童貞）にとってハードルが高かった。その上、憧れの水城を交えての３Ｐもありで、大地のキャパシティーは限界を超えてしまい――!?

CROSS NOVELSをお買い上げいただき
ありがとうございます。
この本を読んだご意見・ご感想をお寄せください。
〒110-8625
東京都台東区東上野2-8-7　笠倉出版社
CROSS NOVELS 編集部
「日向唯稀先生」係／「石田　要先生」係

CROSS NOVELS

姐さんの飯がマズい!!

著者
日向唯稀

2016年3月23日　初版発行　検印廃止

発行者　笠倉伸夫
発行所　株式会社　笠倉出版社
〒110-8625　東京都台東区東上野2-8-7　笠倉ビル
[営業]TEL　0120-984-164
FAX　03-4355-1109
[編集]TEL　03-4355-1103
FAX　03-5846-3493
http://www.kasakura.co.jp/
振替口座　00130-9-75686
印刷　株式会社　光邦
装丁　磯部亜希
ISBN　978-4-7730-8823-6
Printed in Japan